MAI CON IL TUO MIGLIOR AMICO

Titolo originale: Never Date Your best friend

Traduzione: Mirella Banfi

Mai con il tuo miglior amico

Jules Barnard

Capitolo Uno

Sono incastrata nella friendzone. Che diavolo mi succede con gli uomini?

Scarico i drink dal mio vassoio, guardando furtivamente Zach e quella donna.

La stessa bionda che viene al Blue Casinò ogni mese, puntuale come un orologio. È bella, capelli biondo platino con un taglio corto, da folletto, ma tirati dietro le orecchie, come se fossero cresciuti un po' troppo. Questa sera porta scarpe col tacco a spillo e un abitino micro nero aderentissimo. È difficile dirlo dopo l'invenzione del Botox, ma sembra più vecchia di Zach. Sui trentacinque, direi.

Jimmy, il barista nel bar dello sport dove lavoro la sera, scuote la testa. «Non ti merita, bambina.»

«Come?» Gli porgo l'ultimo bicchiere vuoto. «Trovo che la situazione sia affascinante.»

Blondie porge a Zach una tessera magnetica. Lui la fissa e poi alza gli occhi, fissandoli direttamente nei miei, perché lo sto guardando. Di nuovo.

Per un attimo, nei suoi lampeggia il senso di colpa.

Io volto la testa verso il bar con le mani che tremano. *Merda.*

«Certo, affascinante» ridacchia Jimmy, pulendo il bancone.

Sono sicura che tutti sospettino che ho una cotta per Zach Elliott. Tranne Zach. O forse lo sa e non gli interessa. Zach è il mio migliore amico, l'amico con cui vorrei fare dei bambini.

Sospiro e chiudo gli occhi, lottando contro la frustrazione con cui convivo da più di un anno. Zach si assicura di ripetere spesso che siamo *solo* amici. È umiliante. Io languisco mentre lui mi respinge passivamente.

La donna con cui era se ne va e lui alza le mani verso la telecamera nel soffitto per mostrare alla casa che non ha carte nelle maniche. Si prepara a lasciare il suo tavolo di blackjack. Per seguire *lei*. Come fa *tutti i sacrosanti mesi*.

Perché lei? Perché non me?

La parte peggiore è che Blondie non è nemmeno la sola conquista di Zach. Lui rimorchia continuamente. Di solito non lo vedo in azione, grazie al cielo, ma sento parlare delle donne che escono da casa sua a tutte le ore. Flirta con tutte. Tranne che con me.

Sbatto il vassoio sul bancone e Jimmy alza un sopracciglio. «Scusami» borbotto.

Mantieni il controllo, Nessa. Non posso permettere che continui a ferirmi. Non sono in me ed è un vero casino.

Jimmy ha ragione. Zach non si merita il mio cuore. Ma lo conosco. È dolce, divertente e meraviglioso. Ci sono stronzi a cui interessa solo fare sesso e che trattano le donne come spazzatura, ma Zach non è così... Anche se il suo comportamento adesso non è dei migliori, mentre si prepara a trovarsi con Blondie.

Premo forte la mano al centro del petto. Fa così male. Perché mi sto facendo del male da sola?

Devo fare come lui. Dovrei cominciare a uscire con qualcuno. Ma niente sesso casuale. Ci ho già provato. Quella notte di sesso durante l'ultimo anno di college mi aveva lasciato così vuota da impedirmi di frequentare qualcuno per tantissimo tempo. E sono ossessionata da Zach da un anno e mezzo, da quando mi sono laureata alla San Francisco State con un'inutile laurea in Comunicazione e mi sono trasferita a Lake Tahoe con un'amica.

La mia amica se n'è andata alla ricerca di nuovi orizzonti. Io no.

Zach è una delle prime persone che ho conosciuto quando sono arrivata e, all'inizio, ho sentito una scintilla tra di noi. L'avevo colto a guardarmi *in quel modo*, con calore e desiderio, un attimo prima che cancellasse quell'espressione dal suo viso e mi chiamasse con qualche soprannome puerile.

Mi tratta come se fossi la sua sorellina ed è sufficiente per farmi ammattire. Sono pronta a strapparmi i capelli e non è proprio il caso. I miei capelli neri mi arrivano in vita e sono la mia caratteristica migliore. C'è qualcosa che trattiene Zach e sono stufa di sbattere contro un muro. La cosa migliore per me sarebbe voltare pagina e smettere di sognare quello che non succederà mai.

Consegno un nuovo vassoio di drink e, com'è mia abitudine – lo so, pessima –, cerco la persona che mi sta facendo ammattire.

Zach non è ancora tornato alla sua postazione di blackjack. E, sfortunatamente, so che cosa significa.

Sento un crampo allo stomaco e premo i gomiti contro le costole. Il movimento fa inclinare il vassoio e i tovaglioli appoggiati sopra cadono.

«Ti serve una mano, Nessa?» Alzo gli occhi e fisso i brillanti occhi azzurri di Sal.

È uno del posto che viene per vedere qualunque evento sportivo stiano trasmettendo sugli schermi giganti. Lui e un gruppo di clienti fissi si incontrano qui ogni settimana. A volte più spesso.

Mi curvo in avanti e raccolgo i tovaglioli. «Grazie, Sal, ce la faccio.»

«Va tutto bene?» La sua espressione è gentile, preoccupata, come se vedesse qualcosa che lo preoccupa sul mio volto.

Sal è una brava persona e non è male da guardare. Ha più o meno la mia età, con occhi azzurri da morirci dietro, la pelle abbronzata e capelli biondo sabbia. Sfortunatamente, esagera con l'aspetto da barbone di Tahoe: jeans sfilacciati che strusciano per terra e le sue t-shirt sono talmente sottili dopo tutti i lavaggi che sono quasi trasparenti. Ma non sono queste le cose che mi impediscono di immaginarmi con lui.

Non riesco a immaginarmi con nessuno tranne Zach. E questa cosa deve cambiare.

«Sì, solo una notte di merda.» Getto i tovaglioli sul vassoio e mi alzo.

Sal mi mette il braccio intorno alle spalle. «Vieni a bere un drink con noi stasera, Ness. Tra un po' andiamo da Farley.»

Farley è una bettola un paio di strade più in là. Il gioco del lancio di sacchetti di sabbia (una volta era mais) è una grande attrazione tra la gente del posto.

Non accetto mai le offerte degli uomini che ci provano al Blue e succede spesso, data la mia uniforme. Un bustier con le paillette e hot pants di satin sono una garanzia. Ma Sal e i suoi amici sono tipi tranquilli. Sembrano più preoccupati della birra che resta nelle bottiglie che delle belle donne che passano vicino. Non stanno cercando di realizzare le loro fantasie sulle cameriere sexy.

Lo sguardo di Sal si sposta e resta lì. Do un'occhiata e vedo la mia amica Mira che entra e questo spiega perché perfino Sal ha voltato la testa. Può essere un tipo tranquillo, ma *è* un maschio.

Mira è incredibilmente bella. Un uomo dovrebbe essere morto per non notarla. Peccato che sia impegnata. Ha una relazione seria con Tyler, il fratello di un'altra amica. Mira è una ragazza che definiresti grintosa. Nessuno pensava che un uomo sarebbe riuscito a superare la sua scorza dura e trovare il suo lato dolce, ma Tyler si è dimostrato all'altezza del compito. Sembrano veramente felici insieme. E non sono gelosa che tutte le mie amiche abbiano improvvisamente trovato un compagno. Per niente.

Okay, un po'.

Lo sguardo di Mira ispeziona velocemente la gente al bar, cercandomi. Agito la mano per farmi vedere.

Sal mi sorride. «Fammi sapere se vuoi venire» dice e torna dai suoi amici.

«Ehi.» Mira lascia cadere il cellulare nella borsa. Deve avere appena finito di lavorare. «Sono venuta a controllare se è tutto a posto per la serata tacos di domani sera.»

«Certo.» Zach ospita a casa sua una serata tacos ogni mercoledì. Era stata una delle prime cose a cui mi aveva invitato.

Appallottolo i tovaglioli che erano caduti, inutilizzabili ora che hanno toccato il pavimento.

«Va tutto bene?»

«Sì.» Sorrido senza allegria. «Sono solo di cattivo umore.»

Mira arriccia il naso, confusa.

Okay, di solito non sono così scontrosa. Comunque una

ragazza ha il diritto di essere di cattivo umore una volta ogni tanto. Forse accetterò l'offerta di Sal. Un cambio di scena potrebbe farmi bene. Guardare Zach che se ne andava con una donna mi ha urtato i nervi.

Mi sposto di lato e tiro Mira con me. «Andrà meglio. È solo uno di quei giorni. Sal mi ha invitata ad andare a bere qualcosa con loro, dopo il lavoro, per staccare la spina.»

Mira dà un'occhiata a Sal da sopra la mia spalla. Lei ha avuto un'infanzia difficile, nata in una famiglia di alcolizzati tossicodipendenti. Ha superato un mucchio di prove che l'hanno resa molto brava a giudicare i figuri loschi. «Carino, ma...»

«Lo so. Avrebbe bisogno di un restyling. Ma non è come sembra. Viene regolarmente. Siamo amici.»

«Okay, ma vuoi che venga con te?»

«No, andrà tutto bene.»

Mira mi stringe leggermente il braccio. «Nessa, va veramente tutto bene?»

Non ho mai parlato apertamente a qualcuno della mia cotta per Zach, anche se possono sospettare qualcosa. Siamo tutti amici e parlare dei miei veri sentimenti potrebbe rendere le cose imbarazzanti.

«Sto bene. Ci vediamo domani da Zach?»

«Sì. Ho perfino fatto i biscotti per il dessert.»

«Porca paletta...» Alzo la mano e gliel'appoggio sulla fronte. «Hai la febbre o roba simile?»

Mira scoppia in una risata. «No, Tyler e io avevamo voglia di pasta per biscotti ieri sera. Abbiamo mangiato metà confezione e ci siamo fermati solo quando lo stomaco si è ribellato. Con il resto ho fatto i biscotti.»

«Quindi sono biscotti fatti con la pasta pronta?»

Mira fa uno strano suono in fondo alla gola. «Ovvio.»

«Fiuuu. Per un momento mi ero preoccupata.»

Mira ridacchia mentre se ne va. «Ultimamente ho cominciato a cucinare» dice voltando la testa. «Attenta, sono diventata una dea del focolare. La prossima serata tacos potrebbe essere a casa mia.»

Oh, gente! Zach è l'unica persona nel nostro piccolo gruppo di amici che sa cucinare. Mira davanti ai fornelli è una prospettiva paurosa. Il suo nuovo impiego come assistente di uno dei dirigenti del Blue è perfetto per lei. Le piace dare ordini alla gente nel settore delle risorse umane. Ma cucinare? Non ha mai cucinato per nessuno per quanto ne so. Forse sta usando Tyler come cavia. Se è così, il povero ragazzo si sta sacrificando per la squadra.

Vado da Sal e gli tocco il braccio con il gomito. «Ehi, penso che stasera verrò con voi.»

«Brava la mia ragazza» dice Sal sorridendo.

«Finisco a mezzanotte, quindi fra un'ora. Va bene per voi?»

«Certo. I ragazzi potrebbero andarci prima, ma io resterò e ti aspetterò.» Indica gli schermi televisivi. «Stanno per trasmettere i momenti salienti degli sport.»

Finisco il mio turno e mi preparo mentalmente a escludere Zach dalla mente per una sera... Più a lungo se riuscirò a restare fedele alle mie convinzioni e voltare pagina.

Dimenticare che ci possa mai essere un *noi*.

Capitolo Due

Zach

«Ah, eccoti.»

Alexis è seduta sul letto con un bicchiere di vino rosso sangue in mano quando entro nella sua stanza, dopo aver usato la chiave magnetica che mi ha dato. La sua suite è una di quelle di lusso al Blue, con il bar, vista sulle montagne e sul lago... Non ha badato a spese.

Si avvicina e mi afferra il sedere, sollevandosi sulle punte per baciarmi la bocca. Volto la testa all'ultimo momento e il suo bacio mi finisce sulla guancia.

Fa il broncio, come una gattina, e non è per niente attraente.

Mi inoltro nella stanza, più che altro per mettere un po' di distanza tra di noi. «Perché sei in città?»

«Una donna non può venire a trovare il suo ragazzo preferito?»

Sento i muscoli delle spalle che si contraggono. «Uomo. Sono un uomo adesso, Alexis.»

I suoi occhi scintillano. «Sì, è vero.» Si avvicina e mette la mano sul mio cazzo.

Buffo. Perfino lui sa quando scappare e nascondersi.

Mi sposto di lato, fuori dalla portata della sua mano. «Guarda, Alexis, ho qualcosa in ballo stasera. Non posso restare a chiacchierare con te.» Non è vero, ma non voglio restare qui.

Mi sono incazzato quando Alexis mi ha intrappolato al mio tavolo da blackjack dabbasso e mi ha consegnato pubblicamente la sua chiave magnetica. Ho tenuto nascosta la nostra relazione. Ma invece di guardarmi intorno cercando il direttore di sala, o chiunque potesse obiettare perché stavo fraternizzando con i clienti del casinò, il mio primo istinto è stato di controllare il bar dello sport dove lavora Nessa, che stava già guardando dalla mia parte. Aveva distolto immediatamente gli occhi, ma ho pensato che avesse visto. Avevo avuto voglia di spezzare in due la chiave magnetica di Alexis.

«Tesoro.» Alexis va al tavolo di cromo e vetro e appoggia il suo bicchiere di vino. «Sembri stanco. Hai avuto una lunga giornata al lavoro. Togliti le scarpe. Vai in bagno e fai una doccia di vapore. Dopo ti sentirai molto meglio.»

«No, grazie. Vado a casa.»

Alexis mi era stata vicina dopo l'incidente di mia madre, otto anni fa, e trovo difficile scaricarla. Mi sento in obbligo con lei. Ma quest'obbligo sta diventando sempre più difficile da digerire ultimamente. Mi volto per andarmene.

«Zac» dice. «Va tutto bene?» Si avvicina con un'espressione dolce sul volto. Ma la conosco bene. Il suo cuore è impenetrabile. A modo suo ci tiene a me, ma ora so che non è sincera. In effetti mi chiedo se abbia mai provato un affetto sincero, oppure se sia sempre stato un atto egoistico da parte sua.

«Va tutto bene. Sono solo stanco.» *Mentalmente più che fisicamente.*

Lei allunga la mano verso il bottone della mia camicia.

«Smettila.» Le spingo via la mano.

La mia reazione questa volta non suscita un broncio da gattina, ma un'espressione di sincera frustrazione. «Che problema hai? Mi sono sempre occupata di te. Fin da quando tua madre... Beh, per anni. Sono quella che è sempre stata presente ed è così che mi tratti?» Lascia cadere le mani e mi volta la schiena, fissando fuori dalle grandi finestre che danno sulla mia città natale. Sospiro. Alexis sa perfettamente come farmi sentire in colpa. Le sue azioni possono essere basate sull'egoismo, ma ha ragione. Era la migliore amica di mia madre e, in qualche modo contorto, per me è stata come una figura materna.

Una madre che scopo. Gesù, che casino.

«Non intendo mancarti di rispetto.» E adesso mi sento uno stronzo. Ma Alexis a volte fa troppa pressione e non mi va. Sono anni che non mi va. Preferirei che fossimo amici. Quello che facciamo da anni è sbagliato.

Alexis e io siamo amanti da quando avevo sedici anni e lei trenta. Mi aveva fatto giurare di non dirlo a nessuno, dichiarando che non avrebbero capito. Sapevo che lei sarebbe potuta finire nei guai facendo sesso con me. Io non avevo avuto problemi a mentire a tutti, purché continuassi a ricevere le sue attenzioni.

Adesso ho ventiquattro anni e sono maturato. Le mie ragioni per mantenere segreta la relazione non hanno niente a che vedere col proteggerla dalla legge. Non voglio che la gente sappia di noi perché mi vergogno. Ma questa cosa va avanti da così tanto tempo che non so come farla finire. Le poche volte in cui ho tentato, lei è andata su tutte le furie. Proprio come adesso.

«*Zach*, non mi stai nemmeno ascoltando! Che cos'hai che non va? Smettila di tirarti indietro.» Arriva al bottone della camicia e le permetto di slacciarlo. «Ti sentirai molto meglio dopo una doccia. E poi, chissà...?» Alza gli occhi e sorride allusiva.

Metto una mano sulla sua e la tengo sul mio petto, obbligandola a fermarsi. «Farò una doccia e poi me ne andrò. Nient'altro, Alexis. Non sono interessato.»

Lei fa un passo indietro. «Certo.» Va a prendere il bicchiere di vino e beve un sorso. «Prenditi tutto il tempo. Ti voglio felice e a tuo agio a casa mia.»

Scuoto la testa. «Questa è una suite d'albergo, non casa tua.»

Lei agita una mano, indifferente e si sposta verso una chaise longue. «Stessa cosa. Adesso sbrigati. La doccia ti aspetta.»

Vado in bagno e chiudo la porta, spogliandomi più in fretta che posso. Ho bisogno di una doccia, ma preferirei farla a casa mia. Alexis diventa cattiva quando non faccio quello che dice. Meglio accontentarla e fare la maledetta doccia pur di non sopportare le sue stronzate.

Ma non ho intenzione di scoparla. Non sono dell'umore giusto. Non riesco a ricordare l'ultima volta che ho avuto voglia. Non significa che non lo abbia fatto. Sono da biasimare quanto lei.

Apro il rubinetto, senza la funzione vapore. Finirò in un attimo, niente fronzoli. Giusto il tempo di farle sentire che si sta occupando di me e togliermela di dosso.

Strofinando i capelli e il corpo con lo shampoo fornito dall'albergo, chiudo gli occhi per non far entrare la schiuma... E sento uno spostamento d'aria, come se si fosse aperta la porta del bagno.

Cazzo. Avrei dovuto chiuderla a chiave. Alexis non conosce il significato di privacy.

Ma non dico niente. Magari è entrata solo a prendere qualcosa, ma ne dubito fortemente.

Il fruscio della porta di vetro che si apre mi dice che ho ragione.

Alexis è di fronte a me, con le braccia incrociate, che mi fissa. «Mmm, sembri appetitoso. Vai in palestra?»

Sciacquo lo shampoo e chiudo l'acqua. «Sai che vado in palestra. Ti dispiace passarmi un asciugamano?» Mi sta bloccando l'uscita e comincio a incazzarmi.

Alexis mi fissa il cazzo, che è ancora dormiente. Nessun movimento. Niente. E riesco a capire dalla sua espressione che vorrebbe rimediare.

«L'asciugamano, Alexis.»

Sbuffa e me lo passa, spostandosi giusto quel tanto che mi permette di superarla, seppure sfiorandola.

Ignoro la sua presenza e mi vesto in fretta. «Grazie per la doccia. Sarà meglio che vada.»

Alexis mi segue fuori dal bagno. «È tutto? Davvero non vuoi fermarti? Zach, sai che posso occuparmi di te e farti rilassare.» Sorride e mi fissa l'inguine.

Non voglio più quello che avevamo. E non è mai stato più chiaro di questa sera, con Nessa che ha visto Alexis e me insieme e come mi sono sentito sporco dopo. Ma devo dirlo ad Alexis in un altro posto, in un posto in cui saremo su un piano di parità, non in questa maledetta suite che mi fa sentire debole e sporco e mi ricorda tutte le volte in cui siamo stati insieme.

«Non stasera.»

* * *

La prima cosa che vedo uscendo dall'ascensore dopo aver lasciato la stanza di Alexis è Nessa che va verso un tizio con un berretto dei Chargers e le infradito. Nessa indossa jeans neri aderenti che sottolineano le sue curve perfette e una t-shirt con le maniche lunghe. Ha una felpa piegata sul braccio. Siamo alla fine della primavera, all'inizio dell'estate. Fa caldo durante il giorno ma le notti sono ancora fresche.

«Tutto a posto?» sento che le dice il tizio mentre mi avvicino.

Nessa alza gli occhi e mi vede. All'inizio sembra sorpresa, poi la sua gola liscia si muove come se avesse deglutito. Distoglie gli occhi per un attimo, poi torna a guardarmi e mi rivolge un sorriso tirato.

Sento lo stomaco che si contrae. Per un momento mi chiedo se sa da dove vengo. O, cosa ancora più importante, da chi. Ma nessuno sa di me e Alexis, nemmeno i miei migliori amici. Nessa ha visto Alexis passarmi la chiave, ed è già una prova schiacciante...

Mi sento invadere dal panico. Non voglio che i miei amici sappiano la verità, cazzo. Specialmente non Nessa.

La guardo in viso per capire che cosa sta o non sta pensando e noto di nuovo il tizio accanto a lei. Reprimo la voglia di afferrarla e tirarla verso di me e dico: «Che succede?».

Lei mi presenta il suo amico e sento appena il suo nome. Sono troppo occupato a studiare il lieve luccichio dei suoi occhi marrone scuro, la bocca che si contrae. Non vuole guardarmi.

«Sal e io stavamo per andare da Farley's.» La sua voce è monocorde, fredda. Non è da lei.

Anche se sospetta che c'è qualcosa in ballo con Alexis, perché trattarmi con freddezza? Nessa sa che mi do da fare. E chi è questo tizio? Sta cominciando a uscire con lui? Le cose andavano bene, con Nessa che usciva con i miei amici e me. Perché ha bisogno di questo tizio?

«Aspettate. Vengo con voi.»

Il suo amico sembra essere d'accordo, oppure ha una bella faccia da poker. Ma Nessa stringe gli occhi e finalmente mi guarda. Ignoro il lampo di rabbia che vedo. È più arrabbiata del tizio che ho mandato in bianco e francamente non me ne frega un cazzo. Nessa è un tappetto e non conosco questo tizio. Non ho intenzione di lasciarla uscire da sola con lui.

La tiro da parte prima che possa rifiutare. «Non credo che dovresti uscire con lui.»

«Sal è inoffensivo.»

«Nessun uomo è inoffensivo.»

«Alcuni sì. Tu sei inoffensivo.»

«Nemmeno io.»

Tira indietro la testa. Non avevo avuto intenzione di dirlo, ma è vero. Non sono mai stato un tipo sicuro per Nessa, visto com'è incasinata la mia vita. Ed è il motivo per cui mi sono assicurato che restassimo amici e niente di più.

Sembra scrollarsi di dosso le mie parole. «Okay, va bene, andiamo.»

Attraversiamo la folla sulla Strip per andare da Farley's. Quando entriamo, il locale è pieno zeppo, ma gli amici con i quali Nessa e Sal si devono incontrare ci vedono, ci indicano di raggiungerli e ordinano un giro di drink. Mi prendo un momento per liberarmi dalla tensione provocata dal mio scontro con Alexis. Devo fare qualcosa per risolvere la situazione. Farla finita una volta per tutte.

Offro il giro di drink successivo e ci mettiamo in fila per il gioco del Cornhole.

Sal – mi rammenta come si chiama quando sbaglio

nome – consegna a Nessa e a me quattro sacchettini di sabbia. «La prossima sei tu, Ness. Vediamo come te la cavi.»

La familiarità con cui la tratta mi irrita. Chi diavolo è questo tizio? Sembra il classico tipo appiccicoso di Tahoe. Perché Nessa dovrebbe interessarsi a lui?

Nessa lancia in aria il sacchetto che ricade sul bordo della piattaforma.

«Un po' corto, mocciosa» dico sorridendo.

Nessa irrigidisce le spalle e mi dà un'occhiataccia.

La guardo aggrottando la fronte. «La mia presenza vi irrita, milady?» Lei si limita a voltarsi.

Mmm, un po' suscettibile stasera.

Prendo posizione per fare il mio lancio. Nessa fa parte della squadra di Sal. Immagino che sia perché è con lui. Non *con lui*, veramente, ma, sapete, perché è venuta qua con lui. E me, è venuta anche con me. Okay, mi sono autoinvitato.

Gesù, spero che non pensi di uscire con questo tizio. Mi sono abituato a non dovermi preoccupare per lei. *Come un fratello*, preoccuparmi come farebbe un fratello. E se provo una forte attrazione per la dolcissima, favolosa brunetta che esce con me e i miei amici, beh, quello è un segreto che tengo per me.

Sarà meglio che almeno arrivi vicino alla buca dopo aver preso in giro Nessa per il suo lancio. Tiro, e il sacchetto atterra sul bordo della buca.

I nostri compagni di squadra tirano a loro volta e alla fine del round siamo alla pari.

Poi tocca a Nessa e, questa volta, tira il sacchetto direttamente nella buca. Poi fa un balletto celebrativo, agitando i fianchi sottili.

Si volta e sorride. «Scusa, ti avevo detto che ero una

lanciatrice alle superiori?» Il suo compagno di squadra si avvicina per congratularsi e battono il cinque.

Accidenti, che cosa le sta succedendo stasera? «Non sapevo che avessi giocato a softball» dico quando torna accanto a me. «Per quanto tempo?»

«Sei anni, giocavo già alle medie.»

«Mmm, interessante.»

«Sì?»

«In un certo senso. Che altri talenti mi stai nascondendo?»

Il suo colorito olivastro diventa rosato. «Niente. Non lo saprai mai.»

«Ahi» dico, ma la mia mente comincia immediatamente a vagare. Verso cose a cui cerco di non pensare quando si tratta di questa ragazza. E non è per niente facile perché solo guardarla mi fa pensare a cose... bollenti, sudate, nude... Con le mie cose dentro le sue cose, la mia bocca su... Smettila. È ora di cambiare argomento. «Che sta succedendo, Ness? Stasera sembri arrabbiata.»

Lei distoglie lo sguardo, fissando davanti a sé quando risponde: «Perché sei arrivato dagli ascensori del Blue, Zach?».

E non è veramente una risposta, ma una domanda.

Mi sento bruciare il petto e ho la faccia in fiamme, non per l'imbarazzo, ma per la rabbia. Verso me stesso, per aver lasciato continuare una cosa che avrei dovuto far finire anni fa.

«È importante?»

Lei mi guarda diritto negli occhi. «Sì.»

I suoi occhi rivelano dolore e infelicità, come se sapesse quello che non sto dicendo e che nascondo da sempre a tutti. Mi stupisce e mi distrugge.

Non deve sapere.

«Tocca a me.» Evito la sua domanda perché non voglio dirle la verità ma non voglio nemmeno mentirle.

Mi preparo per il mio lancio. I ragazzi dall'altra parte stanno chiacchierando e bevendo le loro birre. Non sembra che a loro importi che ci siamo fermati a metà gara per parlare di qualcosa che ho tutte le intenzioni di evitare.

«Chi è lei, Zach?» insiste Nessa. «Perché viene ogni mese? Perché vai con lei?» La voce di Nessa è bassa, addolorata.

Cazzo. Non sto nascondendo niente. E perché Nessa è così sconvolta?

Una cosa è essere io scontento del mio accordo con Alexis. Altra cosa è vedere Nessa che ne soffre.

«Non è nessuno, mocciosa.»

«Smettila di chiamarmi così!»

La discussione dall'altra parte si ferma. I ragazzi fissano Nessa. Lo faccio anch'io e noto il petto che si alza e si abbassa freneticamente, gli occhi che lanciano fiamme. *Woah*. Non ho mai visto Nessa così.

Le prendo i sacchetti di sabbia dalle mani e li appoggio sul tavolo, tirandola da parte. «Che cosa sta succedendo?»

Lei distoglie lo sguardo. «Detesto quel nomignolo.»

«Okay, va bene. Basta chiamarti moc...» Mi dà un'occhiataccia. «Non userò più quel nomignolo. Ma non capisco perché sia così importante.»

«È importante perché mi tratti come una bambina. Sono un'adulta, ho solo un anno e mezzo meno di te. Siamo amici, ma non è il caso che continui a ricordarmi che non mi vedi come una donna.»

Di che cosa sta parlando? «So che sei una donna.» Dio, se lo so. Cerco di dimenticarlo ogni singolo giorno.

Nessa merita qualcuno migliore di me, qualcuno migliore anche dei tizi con cui stiamo stasera.

Lei si mette dietro l'orecchio i suoi lunghi capelli scuri e mi arriva il profumo floreale e di agrumi che porta, mandando in crisi i miei sensi. «So che hai qualcosa in ballo con lei. C'è qualcosa che non sembra giusto... Ma voglio smettere di cercare di capirti.»

Sento pulsare la testa. Quell'ultima dichiarazione sta incasinando la mia capacità di pensare chiaramente.

Non mi sto nascondendo da nessuno. O forse Nessa è l'unica persona abbastanza intuitiva da averlo capito.

Mi vergogno ma è più che altro il fatto che Nessa abbia intuito la verità il punto di svolta. Non posso più farlo, non riesco a sopportare l'idea che la mia sordida relazione con Alexis stia ferendo Nessa. Avevo già intenzione di porvi fine, ma voglio che finisca immediatamente. Vorrei averlo detto ad Alexis prima di lasciare l'albergo invece di aspettare di farlo in qualche altro posto.

Sal si avvicina. Guarda me e Nessa, con un'espressione preoccupata sul volto. Poi le sorride. «Ehi, perché non facciamo una pausa? Posso portarti un altro drink? E per te, Zach?»

«Sì, grazie.» Sospiro e mi avvicino a Nessa.

Non mi preoccupa vederla con questi tizi. Sembrano tipi perbene, non hanno fatto molto per attirare la sua attenzione. Non è quello il motivo per cui sento il bisogno di starle vicino. Sento che si sta allontanando e quel pensiero mi fa venire voglia di strappare con le mani lo scadente rivestimento di legno dalle pareti di questo posto.

Non la merito, ma il pensiero di perderla mi fa impazzire.

«Ecco» dice Sal quando torna e porge a Nessa quello che sembra uno *screwdriver*. A me dà un'altra pinta di birra. «I ragazzi e io stavamo parlando della mancanza di varietà di cibarie da queste parti. Che ne pensi, Ness? C'è qualche buon ristorante filippino qui vicino?»

Sta cercando di alleggerire l'atmosfera e non lo biasimo. La tensione si taglia col coltello.

Nessa sembra distratta per un momento e poi risponde: «Certo, ci sono un paio di posti buoni». Recita il nome di un paio di ristoranti che ho sentito nominare ma in cui non sono mai stato.

Avrei dovuto prestare più attenzione? Nessa è una sangue misto, come me. Ma invece di essere in parte Washoe, come me e i miei amici, il padre di Nessa è filippino e sua madre inglese. Non le ho mai chiesto come si sono conosciuti i suoi genitori, o perché sono andati a vivere a San Francisco. Non avevo mai voluto parlare di cose così personali. Sarebbe stato troppo facile superare il confine tra l'amicizia e qualcosa di più.

Ho desiderato Nessa dal primo momento in cui l'ho conosciuta, ma è una brava ragazza. E io non sono il ragazzo della porta accanto.

«Quindi i tuoi genitori ti hanno abituata alla roba buona?» chiede Sal.

Non è così facile capire le origini di Nessa. Ha la pelle chiara, con una lieve sfumatura olivastra, i capelli neri ma il volto a forma di cuore, quasi elfico, e non è facile capire la nazionalità. Se Sal sa che è in parte filippina deve conoscerla bene. E la cosa mi preoccupa. Forse *dovrei* preoccuparmi per questo tizio.

Nessa gli sorride e scuote la testa. «Mangiavo nei ristoranti filippini come tutti gli altri. Era mia madre che cucinava. Se voleva cibo che le ricordasse casa, serviva salsicce e purè o salsicce in pastella. La *marmite* era onnipresente nel nostro frigorifero.»

Sal arriccia il naso quando Nessa gli spiega che cos'è la

marmite. L'unico motivo per cui questo condimento mi è familiare è che sono stato più volte di quanto possa contarle a casa di Nessa. Ovviamente ho frugato nel suo frigorifero in cerca di cibo. C'è un motivo per cui sono sempre io a cucinare. Ho un metabolismo veloce. Praticamente sono continuamente affamato e il frigorifero di Nessa non è sfuggito alle mie razzie.

Giochiamo qualche altra partita di *cornhole* e la tensione tra Nessa e me si allenta. Batte il cinque con Sal dopo aver mandato in buca il suo ultimo sacchetto e viene da me, senza sorridere ma almeno non ha più l'espressione arrabbiata. Si ferma a bere un sorso del suo drink.

«Pronta ad andare?»

Tira in bocca il labbro inferiore, come se lo stesse mordendo dall'interno. «Vai pure. Non voglio trattenerti se devi andare da qualche parte.»

Non mi piace quello che sta insinuando o il fatto che pensi che me ne andrò senza di lei. «Dovrei accompagnarti a casa.»

Mi dà un'occhiata letale. «Non serve. Posso andarci da sola.»

«Certo. Pensavo solo che fossi pronta ad andare.» *Lo speravo* più che altro.

Sembra indecisa e guarda i suoi amici. Si sono divisi i sacchetti di sabbia e stanno per cominciare un'altra partita.

«In effetti sono stanca. È stata una giornata lunga.»

«Certo.» Prendo la sua felpa. Nessa aggrotta la fronte, c'è la possibilità che la stia spingendo ad andare, ma poi prende la borsa e va dai ragazzi.

Sal l'abbraccia e io digrigno i denti. Sembra un tipo a posto, ma non sono abituato a uomini a caso che toccano Nessa. Non voglio che sia ferita da nessuno, incluso me. E se devo essere sincero, l'idea che un altro la tocchi mi fa venire voglia di fracassare qualcosa.

Torniamo in silenzio al Blue Casinò, passiamo oltre le porte scorrevoli dell'ingresso e giriamo intorno all'edificio per arrivare al garage dove parcheggiano i dipendenti. Accompagno Nessa verso il mio fuoristrada grigio e lei si ferma di colpo.

«La mia auto è qualche fila più in là. Dovremmo dividerci qui. Grazie per avermi accompagnata. Ci vedremo domani?»

«Whoa.» Scuoto la testa. «Non puoi guidare per andare a casa.»

«Di che cosa stai parlando?»

«Nessa, non pesi niente e ti ho appena visto buttar giù tre drink. Guido io. Ti riporterò io alla tua auto domani mattina.»

«Hai bevuto quanto me.»

«E peso il doppio di te. Dopo due ore da Farley, sono completamente sobrio.»

Lei distoglie gli occhi come se stesse riflettendo. Non può contestare la mia logica. «Okay, ma domani mattina mi farò dare un passaggio dalla mia coinquilina. Non c'è bisogno che tu venga a prendermi.»

Okay. Purché venga a casa con me... A casa sua... Per lasciarla a casa sua... Devo veramente trovare un modo per bloccare i pensieri di me e Nessa che facciamo sesso. Mi incasina la concentrazione.

L'ipnosi potrebbe riuscirci? Il modo in cui la gente viene ipnotizzata per smettere di fumare? Pagherei qualunque prezzo se riuscissero a ridurre la mia attrazione fisica per questa ragazza.

Potrei stare alla larga da lei, ma non è un'alternativa. È

una forma di tortura cui non riesco a resistere. Preferisco l'angoscia mentale alla privazione completa.

Apro la portiera del mio fuoristrada e lei sale. Vado al posto di guida e cerco di non notare quanto sta bene nel mio mezzo. Come se fosse il suo posto. «Che cosa fa la tua coinquilina stasera?»

Nessa appoggia la borsa vicino ai piedi e allaccia la cintura. «Probabilmente è fuori con il suo nuovo ragazzo. Non la vedo molto. Resta da lui la maggior parte delle notti.»

«Quindi sei da sola stanotte?» Questa linea di pensiero non mi aiuta. Adesso sto pensando di restare da solo con Nessa a casa sua.

«Immagino di sì. Perché? È importante?»

«Non è importante. Me lo stavo solo chiedendo.»

Sento il suo sguardo su di me mentre esco dal parcheggio e mi dirigo verso la strada principale. «Allora chi è?»

Ci risiamo. «Chi?»

«La donna con cui ti incontri sempre.»

Stringo il volante. «Te l'ho detto, nessuno di importante.»

«Sembra importante per te.»

Le do un'occhiata. Nessa è appoggiata alla portiera con il corpo più lontano possibile da me, ma mi sta fissando.

«Non è vero. Non è nessuno.»

«Non ci credo, Zach. È una con cui fai sesso regolarmente?»

Non rispondo. Perché probabilmente è una descrizione indovinata. Ma anche inadeguata. Quello che c'è tra Alexis è me è molto più contorto di così.

«È quello che sono tutte le donne per te?» Fissa fuori

dal finestrino. «Pensavo che fossi diverso.» La voce esce tremante.

La sensazione di stare per perderla ritorna. «Non c'è niente tra lei e me, Nessa. Non più.»

Non dopo stasera, comunque.

Lei si volta a guardarmi. «Che cosa significa?»

«Una volta ci vedevamo, adesso non più. Possiamo cambiare argomento?» Accendo la radio. Dagli altoparlanti esce squillante una pubblicità, e premo il tasto per cambiare stazione.

«Perché?»

Armeggio con la radio, cercando qualcosa che la distragga. «Perché cosa?»

«Perché lo fai?»

Frustrato, spengo la radio e svolto nella strada di Nessa quando il semaforo diventa verde. «Puoi essere più specifica?» Sto cercando di sviare il discorso. Non voglio avere questa conversazione. Forse avrei dovuto chiamarle un taxi. Noi due insieme, da soli, non è un bene per nessuno dei due.

«Erigere dei muri. Lo fai anche con lei?»

Le do un'occhiataccia. «Quello che c'è tra noi non è nemmeno lontanamente simile a ciò che avevo con lei.»

Nessa spalanca gli occhi. «Giusto, perché noi siamo solo amici.»

Siamo più che amici. O potremmo diventarlo, se non stessi attento, se non sarò abbastanza forte. E *devo* esserlo.

Ho percepito il desiderio di Nessa di essermi più vicina. Lo sento anch'io ma non capisco perché non riesca a capirlo. Le cose che ho fatto, quello che sono... Non vado bene per lei.

«Siamo amici, Nessa. Buoni amici. Ed è più di quello che ho con qualunque altra donna.»

«Sei amico di Mira» dice seccamente.

Mira è una Washoe che conosco da metà della mia vita e sì, siamo legati. Ma non è la stessa cosa. «Mira è come una sorella. Tu sei... diversa.»

«Diversa. Cioè non abbastanza per essere di più. Non abbastanza per far parte della famiglia. Semplicemente non abbastanza. Ho capito, Zach.»

«Non è quello che intendevo.» Mi fermo davanti all'appartamento di Nessa e, prima che possa spegnere il motore, lei salta fuori.

«Grazie per il passaggio.» Sbatte la portiera e corre – letteralmente – attraverso il parcheggio per andare al suo appartamento al primo piano. L'edificio è a due piani, con otto appartamenti. È piccolo, ma abbastanza vicino alla Strip e al lavoro. Aspetto che sia entrata prima di lasciare cadere la testa sul poggiatesta.

Stasera Nessa ha eretto dei muri tra di noi per la prima volta da quando la conosco. È una persona allegra e vederla sconvolta mi procura un dolore sordo al petto. Deve sapere che non ci può essere niente tra di noi, non dopo essersi resa conto di quello che c'è tra me e Alexis. Sento che la sto perdendo.

Anche se non l'ho mai avuta, tanto per cominciare.

Ed è così che dev'essere.

Capitolo Tre

Nessa

L'ultima cosa che voglio è andare a casa di Zach stasera, ma mi aspettano tutti per la serata tacos. Avevo cercato di tirarmi indietro al telefono con Mira, ma lei si era messa a piagnucolare che aveva fatto i biscotti e adesso dovevo assaggiare la sua cucina. Mi sono arresa. Non è stato facile per Mira lasciare che la gente si avvicinasse a lei e ha fatto tanti progressi. Non potevo dirle di no e deluderla.

Non riesco a credere che Zach si sia autoinvitato per un drink con me e Sal ieri sera. Sapere che aveva appena lasciato la stanza di Blondie, fresco di doccia non bastava? Adesso sta ficcando il naso nella mia limitatissima vita sociale? Avevo bisogno di quel drink con Sal, avevo bisogno di distogliere la mente da Zach, non di un promemoria di quanto mi faccia sentire frustrata.

Non lo sopporto più. Non sono sicura che potremo restare amici. Mi sta uccidendo.

Guardo la bottiglia gigante di Cuervo che ho comprato

con le mance di ieri sera e l'accarezzo come fosse un bambino. Stasera è quella che mi salverà. Mi infilo i sandali con il tacco alto sotto i jeans aderenti con il risvolto. Non esco mai di casa senza tacchi. Perfino le mie scarpe da ginnastica hanno la zeppa. Qualcuno potrebbe definirmi una tappetta. Sono un metro e mezzo, compatta e cazzuta. Almeno è quello che mi dico da sola.

Infilo la maglietta con il collo a V nel davanti dei jeans e metto una giacca di pelle. Sfioro con le dita una Juicy Fruit nella tasca laterale, la scarto e me la ficco in bocca. Prendo il bambino-Cuervo e ispeziono la stanza per vedere se ho dimenticato qualcosa prima di mettermi in spalla la borsa e uscire.

Qualche minuto dopo mi fermo a casa di Zach. Solo che nel viale c'è solo il suo fuoristrada.

Che diavolo! Sono volutamente arrivata tardi per evitare questa situazione. Non voglio essere la prima ad arrivare.

Faccio un respiro profondo e prendo la bottiglia di Cuervo, che avevo bloccato con la cintura di sicurezza per evitare di romperla. Non m'importa di essere forse un po' vecchia per ricorrere al coraggio alcolico. Stasera ne ho bisogno. Le cose non possono continuare come sono andate finora. Mi sta distruggendo. Superare questa sera senza piangere è il primo passo.

Merda. Forse dovrei andarmene dalla città. Perché sono ancora qui? Tahoe avrebbe dovuto essere un'estate divertente dopo il college prima di impegnarmi e cercare un vero lavoro, eppure questo è il secondo anno che sono qui. *Non* è a causa sua. Beh, forse un po'. Ma Lake Tahoe mi piace. È casa mia, anche se devo trovare il modo di avere una vita che non dipenda da Zach e dai suoi amici. Ieri sera ho tentato, ma Zach ha scelto proprio quel momento per prestarmi attenzione come non aveva mai fatto prima.

Uomini. Sono un tale enigma.

O forse è solo Zach. Non ha senso. Un attimo prima mi sta guardando come se potesse far sparire i miei vestiti con un'occhiata, l'attimo dopo se ne va con suprema indifferenza con un'altra ragazza.

Bene, coraggio alcolico. E significa che dovrò chiamare un Uber per andare a casa. Anche se detesto ammetterlo, Zach aveva ragione. Ieri sera non avrei dovuto nemmeno pensare a guidare dopo i drink. Essere una tappetta significa che non sopporto l'alcol. Ma se Zach non mi avesse scombussolata mi sarei resa conto di aver bevuto troppo. Quindi è veramente tutta colpa sua.

Ecco, adesso mi sento meglio.

Afferrando la mia sacca, tengo la bottiglia di Cuervo tra le braccia e risalgo il sentiero di pietre verso il cottage di Zach. Il tetto di metallo è inclinato verso la strada con un portico dal tetto spiovente che arriva fino a terra, tipico di Tahoe. Casa sua è carina, ma gli servirebbe il tocco di una donna. L'interno è molto maschile, il che significa che i mobili sono spinti contro le pareti e i quadri sono appesi troppo in alto. Comunque lo ammiro. Per quanto ne so, Zach è il proprietario, non male per un ragazzo che non ha ancora venticinque anni. Lavora sodo e sa come investire i suoi soldi.

Devo smettere di pensare quant'è fico, perché non mi aiuta.

Respiro profondamente l'aria notturna in cerca di coraggio, busso sulla superficie di legno malandata e mi appiccico un sorriso falso sul volto.

Che svanisce immediatamente.

Perché la porta si apre scricchiolando e Zach è lì, a torso

nudo con le goccioline d'acqua sulle spalle ampie e muscolose, lo stomaco piatto con i muscoli scolpiti in bella vista.

Ahi, merda.

«Moc... Cioè, che cosa succede Ness? Entra.» Si passa un asciugamano sui capelli corti e scuri e poi se lo mette sulle spalle. Curva le labbra in un sogghigno. «Bella bottiglia.»

Entro, con il corpo all'erta. Appoggio la bottiglia di Cuervo sul ripiano. «Pensavo che ci potesse servire» dico distrattamente. «Sei appena uscito dalla doccia?» *Ovviamente.*

Sono agitata. Ho visto Zach con il costume da bagno un milione di volte, ma il look bagnato, appena uscito dalla doccia mi trasforma il cervello in pappa.

«Sì, scusa. Prendo una maglietta.» Va nel corridoio, con il passo virile e io ansimo, cercando di mandare ossigeno al cervello per farlo funzionare di nuovo. È un tale casino.

«Dove sono tutti?» gli chiedo.

«Ah, già, giusto» dice, mentre torna con una t-shirt lavata troppe volte che gli aderisce alle spalle e ai bicipiti. «Non verranno.»

È a piedi nudi e i suoi piedi... Non c'è niente nel suo corpo che non sia virile e bello? Aspettate...

«Che cosa vuol dire che non verranno?»

Ci incontriamo tutti i mercoledì sera. È un rito. Sono sicura che non abbia mai cancellato nessuno prima. Pioggia o neve, questa serata è una costante tra Zach e i suoi amici. Fino a poco tempo fa erano solo Zach, Lewis e Mira. Poi, non so come, mi hanno inclusa. Poi si è aggiunta la nuova ragazza di Lewis. La serata tacos si è man mano estesa e ora include le compagne, i compagni e gli amici degli amici. È diventata una vera e propria festa.

Zach si accuccia, toglie una padella da sotto il fornello e i jeans bassi sui fianchi gli fasciano il sedere muscoloso.

Guardo il soffitto, pregando per un intervento divino. Non può essere serio, non possiamo essere solo noi due. Non sopravvivrei.

Zach si alza e allunga il braccio intorno a me per arrivare al ripiano al quale mi sto appoggiando. L'odore di ragazzo pulito mi dà una scossa, le sue belle labbra a pochi centimetri di distanza... È una vera crudeltà.

Mi abbasso sotto il suo braccio e vado dall'altra parte della cucina, mettendo una mano sul Cuervo.

«Beh.» Mescola il pollo che sta sobbollendo nella salsa e sbatte l'utensile sul bordo della pentola. «Gen non si sente bene quindi Lewis resterà a casa con lei e Mira è stata chiamata al lavoro.»

Ha senso. Mira sta andando forte al Blue Casinò. È l'assistente di uno dei dirigenti e sta facendo faville. Ma essere una persona importante ha i suoi lati negativi. A volte deve andare in ufficio, anche senza preavviso, quando c'è un problema di personale o se c'è più gente del previsto agli eventi del Blue.

«E Tyler?» Il ragazzo di Mira insegna al college statale. Non c'è motivo che dia buca.

Zach si gratta la nuca e appoggia le mani sui fianchi. «Già. Niente da fare. Anche Tyler non può. Revisioni dell'ultimo minuto da fare per il suo editore.»

Merda. L'avevo dimenticato. Oltre a insegnare al college Tyler sta per pubblicare un libro di divulgazione scientifica che sta entusiasmando la gente nel suo campo che ha visto le bozze.

Sono l'unica che non ha fatto niente nella sua vita? Cioè, sono contenta. È importante, no? Beh, quasi contenta.

Non sono molto contenta adesso. Da sola. Con Zach.

«Cali e Jaeger?» C'è una punta di disperazione nella mia voce?

«Cali ha lo stesso virus di Gen. Jaeger farà da infermiere. Ho detto a Jaeger e Lewis che sono schiavi della figa, ma non mi hanno ascoltato.» Si appoggia al ripiano, fissandomi. «Solo tu e io, Ness. Ci riesci?»

La voce è divertita e contrasta stranamente con la diffidenza nel suo sguardo, come se anche lui non fosse troppo contento di questa circostanza.

«Avresti potuto annullare, sai.»

Zach si volta verso il fornello. «Sto cucinando da due ore. Non volevo sprecare il cibo. Inoltre non abbiamo bisogno dei nostri amici per stare un po' insieme, no?» Volta la testa con un sorriso dolce sul volto.

«Ovviamente no.» *Oddio, avrò veramente bisogno di quel margarita.* «Sarà bello passare un po' di tempo insieme.» *Dove diavolo è il frullatore?*

Quando ero al college sono uscita con bei ragazzi, ma non so perché Zach è diverso. È un amico, un ragazzo affabile, sempre pronto a divertirsi e tanto, tanto sexy. Non so che cos'è, ma è lì, un'attrazione magnetica, almeno da parte mia.

Apro il frigorifero per cercare la miscela per fare i margarita che so di trovare perché mi sono assicurata di farne scorta per queste serate, e vado dove c'è il frullatore, versandola. «Pronto per un drink?»

«Certo, però, visto che siamo solo noi due,» dice allungando la mano sopra il fornello verso un armadietto, «usiamo quella buona.» Sorride con un accenno di malizia.

Dio mi salvi da quel sorriso. «Tapatio Blanco One-ten? Che cos'è?»

«Tequila di prima scelta, regalo di compleanno da parte di mio padre.» Svita il tappo e ne versa una quantità generosa nel frullatore. Si ferma, dà un'occhiata al liquido e ne versa un altro po'.

«Tuo padre ti regala sempre una bottiglia di liquore costoso per il tuo compleanno?» Non ho mai sentito parlare della roba che ha in mano, ma la bottiglia sembra speciale.

«Mio padre mi ha insegnato a giocare a poker per soldi quando avevo cinque anni.» Rimette la tequila nell'armadietto. «Non è un padre tipico. Sai che cosa fa per vivere, vero?»

«In effetti no. L'ho visto nel casinò ma non me l'hai mai presentato.»

Zach sbuffa. «Sì, beh, fidati, è meglio che non si accorga di te.»

Prendo il vassoio del ghiaccio dal frigorifero giallo senape, più vecchio di me e che ronza come una macchina a vapore, e verso il ghiaccio nel frullatore. «Non può essere così cattivo.»

Zach incrocia le braccia. «No, non è cattivo, ma è un donnaiolo. E le giovani donne carine sono la sua preda preferita. Inoltre è una balena.»

Scuoto la testa sorridendo. Lavoro in un casinò dove sono quasi nuda. Sono abituata all'attenzione degli uomini più anziani, a volte delle donne, fa parte del lavoro. E non ho problemi a chiamare la sicurezza se qualcuno allunga le mani.

Accendo il frullatore facendolo pulsare finché la miscela ha la consistenza perfetta per i miei nervi confusi da Zach. «Che cos'è una balena?»

«Come fai a lavorare al Blue e non sapere che cos'è una balena?» Mescola il riso. «Una balena è un giocatore che punta forte. E non è quello che potresti pensare. Mio padre in questo momento è pieno di soldi, ma ha vinto e perso intere fortune. È solo di recente che la situazione sembra costantemente positiva. Quando ero un bambino faticavamo parecchio: da benestanti a poveri in un batter di ciglia. Detestavo quello stile di vita. È il motivo per cui non gioco mai.»

Gli do un bicchiere di margarita. «Ma sei un mazziere. Come fai a sopportarlo?»

«Non mi *piace*, ma è un lavoro e paga bene. Ho seguito dei corsi di Economia Aziendale al college statale per un po', ma non facevano per me. Il lavoro al Blue paga i conti. Sono stato in grado di risparmiare e comprare questa casa. Ho intenzione di comprarne un'altra.»

«Un'altra? Perché?»

«Come investimento, per avere un altro introito. Una dove vivere, l'altra da dare in affitto.» Beve un sorso del suo drink e inarca un sopracciglio. «Roba buona.»

Do un'occhiata al mio bicchiere e bevo un sorsetto anch'io. «Va giù liscio. Tuo padre è un esperto di tequila.»

Zach sbuffa. «Troppo.» Prende dei piatti e indica il tavolo. «Pronta a mangiare?»

La conversazione fluisce durante la cena. Sono rilassata e non più nervosa com'ero quando sono arrivata. L'agio che provo con Zach è in parte il motivo per cui siamo rimasti solo amici per così tanto tempo, nonostante il mio desiderio non corrisposto per lui. Mi stupisce che gli interessi solo un'amicizia, ma non vorrei perdere quello che abbiamo. È una situazione frustrante, senza via di uscita.

Parliamo durante la maggior parte del pasto del padre di Zach, che sembra essere un personaggio piuttosto affascinante. «Gli danno davvero gratuitamente una suite elegante?» Appoggio la forchetta sul piatto per lasciare posto nel mio stomaco per un altro margarita, che Zach versa dal frullatore mezzo vuoto che abbiamo portato in tavola.

«Sì.» Zach spazzola via quello che dev'essere il suo quinto o sesto taco.

«Ha un autista e tutto il resto?»

Ho visto i grossi giocatori al nostro casinò. Non si scherza. Normalmente hanno un intero entourage dovunque vadano.

«No. Gira il paese guidando la sua Mercedes.»

«Oh, è tutto?» Rido e Zach mi imita. La maggior parte della gente non se ne va in giro in un'auto di lusso, vivendo di gioco d'azzardo.

«Io sono solo il figlio trascurato che vive in una catapecchia.» Si pulisce la bocca con il tovagliolo, un sorrisino sulle labbra che non arriva fino agli occhi.

«Non può essere quello che pensa veramente tuo padre.»

Zach impila i piatti vuoti. «Più o meno, ma va bene così.»

«Aspetta. Non va bene. Sei intelligente e gentile e hai una casa di proprietà. Lavori sodo...» Smetto di parlare quando mi rendo conto di che cosa sto facendo. Le cose che sto dicendo. Se Zach non sapeva già che mi piace più che come un amico, adesso probabilmente gli ho dato un indizio.

Mi sorride. «Tesorino.»

Mi tiro indietro. «Non chiamarmi così.» Prendo il mio drink, bevo un sorso troppo lungo e mi fa male la fronte per il lieve congelamento.

Quando alzo gli occhi, Zach ha un'espressione preoccupata. «Che cosa c'è che non va con "tesorino"?»

«È qualcosa che diresti a una bambina.»

«No, è qualcosa che direi a una ragazza che è troppo attraente per il suo stesso bene.» Si alza bruscamente e porta i piatti al lavandino. «Hai finito?» Dà un'occhiata e l'espressione preoccupata che aveva un attimo fa è sparita.

Mi ci vuole un momento per capire la sua domanda perché sono ancora fissata sulla frase precedente. Annuisco.

Che cosa intendeva dire, troppo attraente per il mio stesso bene? Non ha mai fatto capire di essere attratto da me. Do un'occhiata al mio bicchiere. Sono ubriaca? È il mio secondo o il terzo? Mi sento un po' stordita... *È sicuramente il terzo.*

Mi occupo delle pentole e delle padelle e metto gli avanzi nei contenitori.

Zach mette gli ultimi piatti nella lavastoviglie e l'accende. «Hai portato il costume da bagno?»

Ha una vasca idromassaggio in cortile ed è sicuramente l'oggetto più costoso in questa casa. È nuova, diversamente dai mobili di seconda mano sparsi in giro.

Scuoto la testa e lui si gratta l'ombra scura di barba di lato sulla mandibola. «Okay, beh, ho qualcosa che puoi indossare.»

«Va tutto bene. Comunque dovrei andare a casa.»

«Perché?» mi chiede. «Hai un appuntamento bollente?» lo dice scherzando, ma la sua voce è secca e ho la sensazione che non sarebbe contento se fosse così. Strano.

Quando sono corsa via dal suo fuoristrada ieri, ero convinta che non ci sarebbe mai potuto essere qualcosa tra di noi. Perché all'improvviso dovrebbe interessargli se esco con qualcun altro?

«No, ma dovrei chiamare un taxi. Sta diventando tardi. Non ne avevo l'intenzione, ma temo di aver bevuto ancora un po' troppo.»

Okay, forse avevo l'intenzione di stordirmi con l'alcol, ma poi più parlavamo meno mi sono sentita a disagio. Non so come ho fatto a bere troppo senza rendermene conto. Non sono ubriaca, ma non sono abbastanza sobria per poter guidare.

«Facile ubriacarsi, con una gradazione alcolica di 55 gradi. Scusami, avrei dovuto dirtelo. Berremo un po' d'acqua ed espelleremo l'alcol sudando nella vasca. Ti darei un passaggio, ma sento anch'io gli effetti. Se aspettiamo un po' potrò accompagnarti a casa. Vieni.» Esce dalla cucina. «Ti troverò qualcosa da mettere.»

Capisco la logica nelle sue parole, ma non sono sicura riguardo alla vasca idromassaggio. Togliermi i vestiti, quando siamo solo noi due? Non è una buona idea. No, visto come mi sento da un paio di giorni e le cose che ha detto Zach stasera. Che mi si sono fissate in testa e l'hanno riempita di stupida speranza.

Anche così, seguo Zach in camera. Fruga in uno dei cassetti e ne toglie una maglia da rugby che risale alle superiori. «Questa andrà bene. Puoi usare il bagno per cambiarti.»

Vado in bagno e mi tolgo i vestiti. In effetti ho indossato un bel completo reggiseno-mutandine. Di satin, verde smeraldo che risalta sulla mia carnagione leggermente olivastra. Ed è troppo sexy per entrare nella vasca idromassaggio con Zach. Meno male che la maglia scura nasconderà ciò che indosso sotto.

Dopo aver indossato la maglia, che ha il suo odore, accidenti a lui, appoggio i miei vestiti sul coperchio del WC ed esco a piedi nudi. Zach indossa i bermuda da bagno che gli ho visto indossare sulla spiaggia. Per un momento il suo sguardo si sofferma sulle mie gambe nude.

«Andiamo» dice lanciandomi un asciugamano. Dai suoi occhi è sparita la luce.

Bene, perché se comincia a guardarmi in *quel* modo, siamo nei guai.

Va nel corridoio, attraversa il soggiorno verso il portico posteriore, dove c'è la vasca. Abbiamo parlato di usare la vasca idromassaggio a casa di Zach un milione di volte e sono abbastanza sicura che i ragazzi siano rimasti fino a tardi dopo la serata tacos e l'abbiano usata, ma, non so perché, io non l'ho mai fatto.

Zach non accende la luce nel portico. Una volta entrati nella vasca, preme qualche tasto e si accende una luce sul fondo, insieme alle bolle. Sprofondo in uno dei comodi sedili e lui mi passa una bottiglietta d'acqua. Mi rilasso, spalle e il resto del corpo, percorsa da un brivido.

«È stata una buona idea. Dimentica che ho suggerito di andare a casa» dico.

Lui ridacchia. «Questa bambina è stata la mia unica spesa folle quando ho comprato la casa.»

Non sta scherzando. I mobili devono essere di seconda o di terza mano. «Sono quasi affezionata al tuo divano. Il velluto blu è piuttosto comodo.»

Mi rivolge un enorme sorriso. «Vero? Quello me l'ha passato mio nonna. È in famiglia da sempre.»

Scuoto la testa. «Aveva buongusto... Cinquant'anni fa.»

Continua a sorridere e gli occhi scintillano alla luce scarsa. «Sai, Ness, non mi offenderò se vuoi toglierti quella maglia che ti sta appiccicata addosso e ti rilassi in mutandine e reggiseno. Ti prometto che non ti salterò addosso. Ti ho già vista in bikini, dopotutto.»

Vero, il mio bikini ha la stessa quantità di tessuto del completo. «Potresti fingere di pensare che sia carina. Alle ragazze piace ogni tanto sentirsi belle, anche se sono i loro amici che lo dicono.»

«Innanzitutto, tu sai di essere bella. Secondo, sarebbe oltrepassare i limiti.»

Sospiro. Ho sentito *bella* – cosa che mi ha reso molto felice – per circa un secondo. Finché ha detto che non avrebbe mai superato i limiti.

«Tanto per dire, che cosa c'è di male nel superare i limiti?» *Lo sto veramente facendo?* Probabilmente domani mattina lo rimpiangerò, ma per ora... «Gli amici lo fanno.»

Zach si sposta sul sedile e toglie il tappo alla sua bottiglia. «Mi piace la nostra amicizia. Non vorrei rovinarla.»

«È il motivo per cui non passi mai più di una notte con una donna?»

Questo suo comportamento ci ha tenuti separati e lo ha mantenuto single. È un'arma a doppio taglio. Da un lato, se è single è disponibile. Dall'altro, non si impegna mai, quindi il fatto che sia disponibile è irrilevante. Non voglio essere l'avventura di una notte con Zach. Voglio di più.

Sembra irritato.

«Che c'è? Nomina l'ultima persona con cui sei uscito più di una volta...»

«È...»

«E con cui non sei ancora stato a letto.»

Chiude la bocca. Quindi ho fatto centro.

Si gratta la mandibola, il suo tic rivelatore. «Bene, non faccio niente di romantico.»

«È così che lo definisci?»

Alza la spalla muscolosa. «Non sono il tipo da relazioni serie.»

«Hai degli amici di lungo corso» gli faccio notare.

«È una cosa diversa.»

Non so perché sto insistendo. Dev'esser quella tequila a 55 gradi, ma sembra che non riesca a tenere la bocca chiusa. «Scommetto che potremmo avere una relazione a lungo termine.» Sento il cuore che batte forte, dopo quest'ammissione.

Lui mi fissa come se stesse analizzando un rompicapo complicato. «Che cosa stai cercando di dire, Nessa?»

Alzo una spalla, come aveva fatto lui. «Siamo solo amici

e se volessimo qualcosa di più scommetto che funzionerebbe.»

Lui resta zitto per un momento, poi: «Beh, non lo scopriremo mai».

Sento le guance che si scaldano. So che c'è qualcosa tra noi due, l'ho sempre sentito. Ma, per qualche ragione, questa volta non voglio tirarmi indietro. «In questo caso, dato che provi un sentimento completamente platonico nei miei confronti, quello che indosso non dovrebbe importare.»

Frustrata, afferro l'orlo della maglia e la sfilo dalla testa. Atterra con uno *splat* sonoro sul pavimento di legno del portico.

Zach si china in avanti, spalancando gli occhi. «Aspetta, cosa?»

«Ahh, molto meglio. Come hai detto tu stesso, non devo temere che mi salti addosso.»

Zach si dimena, abbassando gli occhi sotto il mio mento per un secondo netto, solo per riportare in fretta lo sguardo sulla faccia. Si appoggia al lato della vasca e le sue labbra si curvano in un sorriso. «Certo, avevo già detto che avresti dovuto toglierti la maglia.»

Dio, è esasperante. Farà veramente finta di non essere attratto da me, quando il mio intuito e il fatto che si sta dimenando mi dicono il contrario?

Sono stufa di desiderare un uomo che mi tiene a distanza. Sarò fuori di testa, ma è un gioco che si può giocare in due. Metto le mani dietro la schiena e slaccio il reggiseno.

Questa volta, Zach fa schizzare l'acqua mentre cerca di sedersi diritto. «Che cosa stai facendo?»

Lo ignoro e abbasso le spalline lungo le braccia. Poi tocca alle mutandine di seta e pizzo, che atterrano con un piccolo *plop* sulla maglia che avevo scartato.

Mi tremano le mani. È un gesto estremo per dimostrare la mia tesi. Non è una cosa che faccio normalmente, spogliarmi per attirare l'attenzione di un uomo. In effetti non ho mai fatto una cosa simile. E non sarei obbligata a farlo, se Zach non fosse testardo come un mulo.

Faccio un respiro profondo e chiudo gli occhi, affondando nell'acqua, ma la punta dei miei seni galleggia per un secondo sopra la superficie. Spalanco gli occhi. «Oops.»

Zach è pietrificato, ha lo sguardo fisso sul mio corpo. «Nessa.» La voce è un ringhio soffocato.

«Non dovrebbe essere un problema. Hai detto che non sei attratto da me» gli rammento.

«Non è quello che ho detto.»

«Hai detto che non c'è niente di cui preoccuparsi e che avrei dovuto mettermi a mio agio.»

«Non pensavo che ti saresti messa *nuda*. Cristo.» Si passa una mano bagnata sulla faccia.

«Mi hai detto che non eri interessato.» Comincio ad avere un tono di sfida.

«Non sono state quelle le mie parole.»

«Era sottinteso.»

Zach si passa con forza le mani tra i capelli, facendoli restare diritti a ciuffi bagnati. «Penso che dovresti rimetterti la maglia.»

«Perché? Saresti comunque in grado di vedere i miei capez...»

«*Non* dirlo.»

«...zoli. Che cosa c'è che non va, Zach? C'è qualche problema?»

Non so perché mi sto godendo il suo disagio, ma è veramente così.

Appoggio i piedi sul bordo della vasca e incrocio le gambe alle caviglie. Lo sguardo di Zach va ai miei piedi, per poi risalire, finché chiude bruscamente gli occhi. «Sono un uomo debole, Nessa. Non farlo.»

«A me non sembri un uomo debole, Zach. Siamo amici da oltre un anno e non hai mai fatto una mossa.»

«Beh, non perché non ne avessi voglia!»

Alzo le mani, arrendendomi. «Non capisco. Che cosa stavi aspettando?»

«Nessa» mi implora. «Devi smetterla.»

Lo guardo in faccia. È serio. Non mi vuole. Cioè, *davvero* non mi vuole. Ovvio, visto che mi sta pregando di rimettermi i vestiti. Potrà anche trovarmi attraente perché sono una ragazza nuda in una vasca. Ma *non è interessato.*

Mi viene la bocca secca e soffoco per il dolore che mi ha invaso il petto. Mi alzo di colpo per scappare, poi ricordo che sono completamente nuda e ricado in fretta nell'acqua. Mi copro la faccia con le mani e cerco di respingere le lacrime che stanno arrivando.

Perché l'ho fatto? Sono io quella testarda. Ho esagerato e adesso guardate che cos'è successo. Ho fatto la figura della completa idiota.

«Mi stai uccidendo» dice Zach con la voce stanca.

L'acqua si muove intorno a me e poi mi sento sollevare e finisco in grembo a Zach, con le sue braccia che mi circondano. Il mio primo pensiero, dopo la disperazione, è una sensazione elettrica dappertutto. La mia pelle nuda sopra le sue gambe muscolose e calde, il petto ampio premuto contro il lato del mio seno. Ma la freno, perché l'attrazione e l'intimità non sono ciò che vuole. Mi sta confortando, cercando di essere il bravo ragazzo. Sono io quella che si sta offrendo e che ha pensieri sconci, seduta sulle sue cosce. *Dio, non imparerò mai?*

Le sue dita forti mi mettono dietro le orecchie una

ciocca di capelli. Mi tira verso il suo corpo e mi accarezza la testa. Come se fossi una ragazzina.

La mia rabbia esplode a quei tocchi fraterni... Sono così stufa. Finché mi solleva, mi mette la mano sul sedere e mi sistema meglio in grembo a lui. Lì.

È grosso e lungo e il pulsare elettrico che stavo cercando di ignorare aumenta. Mi tolgo le mani dalla faccia e oso guardarlo.

La sua espressione non è fraterna. È concentrato, le mascelle strette ma, quando si china in avanti e mi bacia la guancia, le sue labbra sono morbide e gentili.

Ho la testa che pulsa così forte che ho le vertigini. «Che cosa stai facendo?»

Zach inspira forte e il suo corpo preme contro il mio, accendendolo, infiammandolo. «Sto facendo una mossa.»

Abbassa la testa, mi cattura la bocca e questa volta gli avvolgo le braccia intorno alle spalle e ricambio il bacio. Forte, profondo, lasciando erompere tutto ciò che provo per lui.

Mi aggrappo a lui, toccandogli il collo, la faccia, dovunque riesca ad arrivare, perché lo desidero da tanto tempo. Il bacio è bollente, labbra e lingua, e mi fa vibrare in tutto il corpo. Le mie preoccupazioni spariscono. Non importa niente tranne noi due insieme.

Dalla sua gola esce un basso ringhio. Mi accarezza su e giù, in vita, sfiorando il seno che adesso è premuto contro di lui.

Sì, ancora.

Interrompo il bacio solo per un secondo per alzarmi e poi mettermi cavalcioni.

Zach mi afferra per la vita e mi tira più vicina, con il suo membro contro la parte più sensibile di me. «Nessa, non dovremmo farlo.»

Mi ci vuole un minuto per capire che cos'ha detto. Di che cosa sta parlando? Non può baciarmi in quel modo e dire che non vuole. Già, ma mi aveva appena detto che voleva che restassimo solo amici.

La confusione dev'esser chiara sul mio volto perché dice: «Non mi interessa se sia giusto o no. Sono stanco di lottare». La sua bocca sbatte di nuovo sulla mia, poi si addolcisce, mi prende il volto tra le mani. E io smetto completamente di pensare. Sono stanca di preoccuparmi, di chiedermi se questa attrazione è tutta solo nella mia testa. *Questo* lo sento. Le sue mani e la sua bocca sul mio corpo. È la mia realtà e ho intenzione di ignorare tutto il resto.

Zach si alza ed esce dalla vasca con me in braccio, le mie gambe avvolte intorno alla sua vita. Mi tiene contro di sé, con un braccio muscoloso sotto il sedere mentre la bocca non smette mai di sedurre le mie labbra.

Arriviamo alla porta scorrevole e si ferma. Lo sento abbassarsi, poi spostarsi da un lato all'altro.

Fuori fa freddo, ma il suo corpo è caldo. Bollente. Sento il suo cuore che batte forte contro il mio seno. Apre la porta scorrevole, poi ci vuole solo un nanosecondo per chiuderla. E vedo il suo costume da bagno sul pavimento. *È quello che stava facendo.*

Facendo? Lo stiamo facendo? Io lo voglio, ma lui? Sto pensando troppo come al solito.

Premo le mani sui lati del volto che adoro con tutto il mio essere: le mandibole squadrate, il mento con la piccola fossetta, quell'orecchio che sporge giusto un pochino più dell'altro, lo sguardo famelico. Con lui che mi tiene in braccio in questo modo siamo naso a naso. «Non siamo obbligati a farlo, Zach. Possiamo restare amici.»

«Troppo tardi.»

Poi sto volando per aria.

Agito le gambe e strillo un attimo prima di atterrare sul letto, rimbalzando.

Zach si lascia cadere sopra di me, sostenendo il peso con le braccia mentre si sistema tra le mie gambe. «Tutto bene?»

Non è atterrato forte, non è a questo che si sta riferendo. Mi sta chiedendo il permesso, perché non è uno stronzo. Sono importante per lui, anche se finora l'ha negato.

«Sì.» Allungo le mani e gli passo le dita sulle clavicole, sui rilievi delle braccia dai muscoli definiti. Zach ha le spalle più belle che esistono. Potrei fissarle per tutto il giorno, se non mi piacesse di più la sua bella faccia.

Il che mi ricorda... Passo il polpastrello sul suo labbro inferiore e lui me lo mordicchia, poi scivola verso il basso. Mi bacia in mezzo al petto, poi le labbra vanno al capezzolo, con una mano spinge verso il centro il lato del seno e avvolge le labbra intorno alla punta.

Mi dimeno, spostandomi contro la sua vita, cercando più frizione. Zach si prende tutto il tempo, scatenando il caos con la lingua, fregandosene del fatto che mi sta facendo impazzire, come ha fatto per l'ultimo anno e mezzo. Anche se sarò felice di accettare questa forma di pazzia e vivere soddisfatta, non mi dispiacerebbe se si sbrigasse un po'.

Se riuscissi a farlo spostare un po' più a nord, in modo da allinearsi con...

Zach allunga la mano e mi afferra il sedere. «È una cosa che voglio fare dal giorno in cui ti ho conosciuta.» Me lo stringe, poi passa il palmo della mano su e giù, come se stesse mappandolo. «Questo culo è mio.»

Interessante, non l'avevo mai preso per un tipo possessivo. «Ah sì? Bene, allora io rivendico queste spalle. E il tuo sedere muscoloso e questo lungo...»

Mi impedisce di continuare con un bacio così tenero che mi stordisce. E non voglio più parlare. Voglio stare stretta all'uomo che un minuto prima mi confonde e il minuto dopo mi fa impazzire.

Le mani di Zach vagano, deliberate e concentrate, su ogni centimetro del mio corpo. È un po' che non sto con un uomo, ma non ricordo di essermi mai sentita così. Ogni punto che tocca mi fa tremare, volere di più.

Allunga la mano oltre il letto nella stanza buia – è passata mezzanotte – e strappa la confezione di un preservativo. Se lo infila appoggiandosi su un fianco. Il mio cuore accelera quando intravedo il suo stomaco piatto, la gamba muscolosa e quella parte di lui che si tende verso di me, che mi vuole. Si risistema sopra di me, ma non è ancora dove lo voglio.

«Sei sicuro che non vuoi spostarti un po' più in alto?»

«Sto bene dove sono.» Mi bacia il mento, la curva della guancia, il lato della bocca e finalmente appoggia le labbra sulle mie, adorandomi con un'intensità che mi fa pensare di essermi sbagliata per tutto il tempo. Che Zach abbia sempre provato di più per me e che si sia sempre trattenuto.

Gli passo le mani sui contorni del petto ampio e sullo stomaco, poi le allungo sul sedere, lo afferro e lo tiro verso l'alto. È molto più grosso di me e non è che riesca veramente a spostarlo, ma finalmente si muove e lo sento dove il mio corpo sta pulsando.

«Non ti farò mai del male, Nessa.» È un giuramento. Come se stesse convincendo se stesso. Poi scivola dentro di me e tutto quello che riesco a pensare è: *È mio. Per adesso.* E, spero, più a lungo, se riuscirò a dimostrare che questa cosa tra di noi è giusta.

L'amore che provo per Zach ci avvolge come un mantello. Non è possibile che non lo senta. E io sono andata troppo oltre per fingere che non esista.

Vorrei dirgli quello che provo, tanto amore, ma non dico

niente. E poi smetto di pensare a qualunque cosa che non siano le sue dita che stringono piano i miei capezzoli, la mano appoggiata al mio sedere come se, proprio come ha detto, gli appartenesse, usando quella parte di me per guidarsi dentro e fuori, esattamente con l'angolazione giusta.

Mi manca il fiato quando colpisce un certo punto, e, sensibile com'è stasera, lui resta lì e insiste.

Comincio a vedere le stelline. Mi contorco quando l'orgasmo più lungo nella storia degli orgasmi mi travolge di colpo. «Oh Dio» dico, quando la sensazione più forte che abbia mai provato comincia ad attenuarsi.

«No, sono solo io. E, tra parentesi, non abbiamo finito.»

Zach insiste, a un ritmo costante finché il mio respiro cambia dall'ansimare affannoso a qualcosa che assomiglia alla normalità.

«Non posso frenarmi ancora a lungo» mormora e si sposta leggermente, trovando una posizione nuova che deve piacergli perché sta già venendo, gemendo e scuotendosi sopra di me, con la bocca sul mio collo, succhiandomi al ritmo del piacere lì in basso.

Il suo respiro si calma adagio e mi tempesta di baci il collo e la faccia, come se non potesse averne abbastanza. Si gira sul fianco, tirandomi vicina.

Restiamo lì per qualche minuto e devo essermi appisolata. Poi mi accorgo che Zach sta scendendo dal letto e andando in bagno. Sono così sonnacchiosa e soddisfatta che non riesco a muovervi, quindi non lo faccio. Resto lì come un ciocco di legno.

Il materasso affonda dopo quelli che sembrano pochi secondi e Zach mi avvolge in un abbraccio. Mi addormento, chiedendomi se, dopotutto, non sia tutto un sogno. E se mi sveglierò mentre il sogno continua o nella realtà.

Capitolo Quattro

Sono completamente rilassata, solo che mi sembra di aver dormito con il cotone in bocca per tutta la notte. Sbatto le palpebre un paio di volte e mi guardo attorno. Spalanco gli occhi.

Porca paletta! Sono da Zach! E ieri sera...

Mi guardo attorno senza muovere la faccia temendo di svegliarlo. E poi guardo perché è ancora addormentato, sdraiato sulla pancia, premuto contro di me con un braccio piegato sotto la testa. È così carino che vorrei allungare una mano e toccarlo. C'è una coperta che deve averci tirato addosso a un certo punto perché non siamo mai nemmeno arrivati ai cuscini. Siamo sdraiati a metà del letto e lui ha i piedi che sporgono in fondo.

Vorrei dare la colpa alla tequila, ma non ho bevuto così tanto ieri sera. L'unica cosa che posso usare per giustificare il fatto di essere finita nel suo letto è che ero famelica. Una volta avuto accesso all'uomo che sogno da tanto mi sono abbuffata e poi sono piombata nel sonno.

Oddio, sono come un uomo. Prendi quello che vuoi e addormentati.

Mi sento sprofondare lo stomaco. E se Zach lo rimpiangesse? Cioè, mi sono denudata davanti a lui e poi ho pianto. Merda, e se ciò che c'è stato tra di noi fosse dovuto al senso di colpa o alla pietà che provava per me?

Dovrei andarmene. Uscire prima che si svegli. Perché mi si spezzerebbe il cuore se si svegliasse e sembrasse a disagio, o cercasse di farmi andare via. Non potrei affrontarlo in questo momento. Ho bisogno di fare una doccia e mi serve uno spazzolino. E un po' di zuccheri a portata di mano prima di affrontare uno smacco simile.

Dalla finestra entra la luce, ma è attenuata e azzurrina, come se fosse ancora presto. Passo la mano sul materasso dalla sua parte del letto e do un'occhiata per vedere se si muove.

Nessun segno di vita. Scendo lentamente dal letto e resto in piedi a guardarlo come se fosse un animale selvaggio pronto a piombarmi addosso. Sono così intenta a controllare se ci sono movimenti che non guardo dove sto andando.

Il mignolo sbatte contro lo spigolo del letto. Il dolore arriva fino in cima alla gamba e riesco a malapena a non gridare.

Figlio di puttana!

Saltellando, mi tengo il piede, perdo l'equilibrio e finisco sul sedere. Striscio sul sedere verso il bagno e mi volto a guardare verso il letto per accertarmi che Zach stia ancora dormendo.

Sono un'idiota, seduta sul pavimento, mentre cerco di andarmene come un ladro nella notte.

Chiudo lentamente la porta del bagno, lasciando solo una fessura tra me e l'altra stanza. Tenendomi al ripiano, mi tiro su e riprendo il fiato. Appoggio il piede sul sedile del wc e controllo il mignolo. È rosso vivo e si sta gonfiando. Perfetto!

Vestendomi in fretta, senza il reggiseno e le mutandine, accidenti, perché sono ancora bagnati e ammucchiati accanto alla vasca idromassaggio, mi do un'occhiata allo specchio e, porca paletta, ho il mascara sbavato sotto gli occhi e... Premo un dito sul lato del collo, dove ho una macchia rossa sulla pelle. È un succhiotto? Mi ha *marchiato?*

Wow. Sento la faccia che si scalda e il ventre che si contrae. Ieri notte è stato... Mi sventolo con una mano. Devo veramente andarmene da qui prima di fare qualcosa di stupido, tipo infilarmi di nuovo nel letto con lui che forse rimpiange veramente la notte scorsa.

Tolgo in fretta tutto il mascara che riesco da sotto gli occhi e mi guardo i capelli. Sono attorcigliati e sparati verso l'alto, come se li avessi strofinati su un palloncino. Non ricordo di aver strofinato la testa contro il materasso ma, beh, avevo altro da fare. Buon Dio, non mi sono mai sentita così bene. Il mio corpo vibra ancora per quello che mi ha fatto Zach. Non mi meraviglia che le donne lo adorino.

Puah! Detesto pensarlo con le altre donne. E se tornasse immediatamente a fare quello che ha sempre fatto, fare sesso con tutte e chiamarmi "mocciosa"? Come farò ad affrontarlo? Appoggio le mani sul ripiano e faccio un respiro profondo. È esattamente per questo che me ne sto andando prima di dover affrontare verità troppo difficili da contemplare mentre sono malata d'amore.

Saltello fuori dal bagno, con in mano le scarpe e la borsa. Non è assolutamente possibile che riesca a camminare con i tacchi col dito due volte la sua dimensione normale. Inoltre mi sto muovendo di nascosto e non ho bisogno che i tacchi rumorosi sveglino Zach.

È esattamente nella stessa posizione di quando sono

scesa dal letto. Non si è mosso, la gamba muscolosa spunta fuori dalla coperta. Mi si stringe il petto.

Detesto lasciarlo, ma non riesco a reprimere la paura che possa pentirsi di ieri sera, o, peggio ancora, trattarmi come qualunque altra donna con cui è andato a letto. Non potrei sopportarlo.

E se la nostra notte insieme avesse rovinato tutto?

* * *

Zach

Mi sveglio sbattendo le palpebre. Fisso la porta dell'armadio, cercando di capire che cosa sembra strano.

Mi siedo di colpo e guardo il posto vuoto accanto a me. «Nessa?» chiamo.

Nessuna risposta. Salto giù dal letto e mi infilo dei pantaloncini da ginnastica. Attraverso la camera e apro del tutto la porta del bagno. Non è lì e non ci sono nemmeno i vestiti che aveva piegato e appoggiato con la borsa.

Vado nel corridoio, con il cuore che batte forte. I miei muscoli sono come liquidi, sereni, calmi, mentre il petto è stretto, pieno d'ansia. Non mi sono mai sentito così in conflitto dopo una notte con una donna. È *Nessa*. E non è dove l'ho lasciata.

Non è in cucina né in soggiorno e non c'è la catenella alla porta d'ingresso. Non dimentico mai di attaccare la catenella prima di andare a letto. Anche se non stavo esattamente pensando ai ladri ieri sera. Ci sono un mucchio di cose che ho *dimenticato* ieri sera. Come la mia promessa di non arrivare mai a quel punto con Nessa.

Ma ci sono arrivato comunque.

Ed è stato meraviglioso.

Sapevo che stavo sminuendomi con Alexis e le donne con cui andavo a letto dopo per purificarmi dalla colpa, ma niente mi aveva preparato per fare l'amore con Nessa. Lei non mi userebbe mai, e non mi sono trattenuto. Perché con questa ragazza io sono me stesso.

Dal giorno in cui ho perso la verginità con Alexis, il sesso con le donne non è mai stato serio. Con Nessa non ci sono quelle stronzate. Lei è importante per me e, adesso che abbiamo superato quel confine, non ho intenzione di lasciarla andare.

E andrò fuori di testa se non capirò alla svelta dov'è andata. Non mi va l'idea che sia scappata da me.

Controllo il soggiorno e mi precipito verso la porta a vetri scorrevole, guardando fuori. La vasca idromassaggio è scoperta. Le bolle si spengono automaticamente dopo un certo tempo, ma la luce è ancora accesa. Non ho nemmeno chiuso completamente la porta scorrevole quando ho portato dentro Nessa, tanto era la fretta di averla nel mio letto.

Apro la porta ed esco con i soli pantaloncini. L'aria del mattino e il pavimento freddo del portico mi gelano i piedi e la pelle. Chiudo tutto e vedo le mutandine e il reggiseno di Nessa accanto alla vasca.

Sorrido e vado a raccoglierli. Sono sexy, e mi piacerebbe vederglieli addosso, ma non quanto mi è piaciuto vederla senza. Li strizzo e li metto sullo schienale di una sedia insieme al mio costume da bagno per farli asciugare e torno dentro. Nessa non si è nemmeno fermata a prendere la sua biancheria prima di andarsene. Era sconvolta?

Abbiamo passato la notte appiccicati l'uno all'altra. Lo so perché mi sono svegliato un po' di volte e l'ho guardata dormire, finché la stanchezza mi ha tolto la capacità di fissare la bella ragazza accanto a me, come un pervertito.

Come ha potuto andarsene senza salutarmi? Se pensa che torneremo a essere solo amici, si sbaglia di grosso. E le dimostrerò esattamente come. Appena la trovo. Penso che mi piacerà dimostrarle come stiamo bene insieme.

Non so perché ho lottato così a lungo prima di arrendermi, ma adesso basta. Potrò non averlo programmato, ma farò tutto il possibile per renderla felice. Nessa se lo merita.

Controllo l'ora. *Le otto*. Non può essersene andata da molto perché l'ultima volta che mi sono svegliato erano le cinque e stava dormendo profondamente. Mi ero girato e avevo tirato il suo piccolo corpo sexy contro il mio. Ci era voluta tutta la mia volontà per non svegliarla.

Sorrido mio malgrado. Vado verso la camera, pronto a fare una doccia prima di andare a cercarla, quando sento bussare forte alla porta. Pensando sia lei e che sia tornata, apro la porta con quel ridicolo sorriso appiccicato sulla faccia.

Resto amaramente deluso. «Che cosa succede, papà?»

«Qualcuno ha fatto tardi ieri sera.» Entra passandomi di fianco e va in cucina.

Mio padre è di statura media, spalle larghe e qualche chilo di troppo, grazie ai pasti omaggio che gli offrono i casinò. Ma ha ancora un bell'aspetto, o così mi hanno detto.

Mi trattengo accanto alla porta. Sarà meglio che se ne vada in fretta. Non posso lasciare che le cose restino irrisolte con Nessa, visto il modo in cui se n'è andata. Ho fatto qualcosa che l'ha ferita? Magari passerò da Muffin Top a prendere dei bagel e due caffè mentre vado a casa sua.

«Che cos'hai da bere?» mi chiede mio padre mentre apre e richiude gli sportelli degli armadietti.

«In frigorifero ci sono il succo d'arancia e il latte.»

Papà prende il succo d'arancia, aggrottando la fronte.

Poi apre direttamente l'armadietto sopra il frigorifero e trova la vodka che tengo lì.

«Papà, devo andare in un posto. Possiamo parlare in un altro momento?»

Lui alza un sopracciglio e io sospiro. Quando mio padre si impunta, non c'è verso di fargli cambiare idea. Vado in cucina e mi lascio andare sulla sedia accanto alla penisola.

«Che cosa combini?» Versa il succo d'arancia in un bicchiere e aggiunge una bella quantità di vodka Absolut. Alza il bicchiere verso di me e inarca il sopracciglio. Scuoto la testa.

«Lavoro, lavoro e ancora lavoro.»

«Non può essere solo lavoro.» Si guarda intorno, concentrandosi sui miei pantaloncini da bagno e le mutandine di Nessa sulla sedia di fuori. «Chi è la ragazza che se n'è andata stamattina?»

Ci vuole il potere di osservazione di mio padre, affinato da anni di gioco d'azzardo, per notare immediatamente gli oggetti incriminanti che ci sono in giro. «Come fai a sapere che se n'è andata stamattina?»

«Hai il pepe al culo e...», si indica il lato della faccia, «... sembri un po' fuori fase.»

«Hai veramente intenzione di parlarne? Papà, non voglio parlare con te della mia vita privata. Non ne abbiamo mai discusso e non è il caso di cominciare adesso.»

Mi passa un bicchiere di succo d'arancia, senza vodka. «Magari dovremmo. Frequenti ancora Alexis, che cosa sta combinando?»

Cazzo. Non voglio parlare di Alexis. Non mentre sto ancora pensando a Nessa.

A volte mi chiedo quanto sospetti mio padre del mio passato con Alexis. «Non so che cosa sta combinando Alexis. Non la tengo sotto controllo.»

Per quanto mi riguarda, qualunque cosa ci fosse tra Alexis e me è finita. E ho intenzione di dirglielo appena possibile.

«Peccato... Ha un corpicino sexy.»

Adesso mi sta solo provocando. Non credo per un solo minuto che a mio padre interessi Alexis. Fisicamente potrà anche essere attraente, ma non me ne accorgo più. Tutto ciò che vedo è com'è dentro: qualcosa che mio padre aveva visto anni fa, quando aveva avvertito mia madre di evitarla.

«Se Alexis è così favolosa, perché non sei in contatto con lei?» sbotto e afferro il bicchiere che ha preparato per me.

«Non vado bene per lei, le piacciono giovani.»

Mi soffoco con il succo. *Cazzo.*

Papà ingolla il suo *screwdriver.* «Bene, me ne vado. Ho un appuntamento a Reno. Vai a trovare la *tua ragazza»* dice ammiccando.

«Cerca di non perdere anche la camicia. La fortuna non dura per sempre.»

«Bada a come parli. Dura da sei anni e rotti. E non è fortuna, è *abilità.*»

Esce e lascio cadere la testa nelle mani.

Non ho dubbi che ci sia dell'abilità, ma mio padre ha avuto la sua parte di sfortuna che ci ha quasi fatto finire in un ricovero per senzatetto quando ero alle superiori. Allora avevo un lavoro part-time il pomeriggio e nei fine settimana. Non potevo lavorare più ore senza lasciare la scuola e non avevo intenzione di farlo. Non sono un genio, ma sapevo che mi serviva un diploma per arrivare da qualche parte. Grazie a Dio la sfortuna di merda di mio padre non era durata a lungo. Era stato più fiducioso di me e aveva vinto qualche grossa mano ai tavoli di blackjack quando frequentava l'ex marito di Alexis.

Alexis aveva divorziato dal marito quando ero alle superiori, portandosi via una bella fetta del suo patrimonio. Ora gioca d'azzardo quanto mio padre. Però è astuta. Gioca con i soldi *degli altri* e vive comodamente con gli alimenti. Alexis mi diceva che ero la persona più importante nella sua vita. Non mi dava fastidio che andasse con altri uomini. Pensavo che avessimo qualcosa di speciale ed ero felice come una Pasqua di essere il suo preferito. Dimostra quanto fossi giovane e stupido quando era cominciata la nostra storia.

Adesso non me ne frega un cazzo. Sono così stufo di qualunque cosa stessimo facendo. Mi fa letteralmente stare male. Il nascondersi, le stronzate che mi dice per tenermi legato... È finita. Quello che voglio adesso è chiaro. E questa volta ho intenzione di prenderlo.

Mi lavo via la sporcizia che mi lascia sulla pelle pensare ad Alexis e mi vesto in fretta, col bisogno più forte che mai di trovare Nessa e assicurarmi che tutto vada bene. Ma dato che questa è stata una mattinata di merda, Alexis entra mentre sto mettendo il portafoglio nella tasca posteriore dei jeans.

Ed è colpa mia, perché, anni fa, le ho stupidamente dato la chiave di questa casa.

E sparisce qualunque senso di benessere residuo, la gloriosa sensazione che Nessa mi ha infuso ieri notte con la sua bellissima anima, la bocca tentatrice e il corpo incredibile. Tutta la bellezza sparisce appena arriva Alexis.

«Ciao, tesoro.» Chiude la porta e si avvicina, mettendomi le braccia intorno alla vita.

Mi tiro indietro, cercando di respingerla, ma mi tiene in una morsa. «Che cosa ti serve, Alexis?»

Lei mi guarda, incredula. «È questo il modo di parlare con la tua amante? Che cos'hai ultimamente?» Finalmente si stacca, probabilmente perché la sto spingendo forte.

Vado verso il divano e mi siedo. Perché è ora di farla finita. Non ho più intenzione di rimandare. È cambiato tutto. Beh, è un po' che stava cambiando, ma adesso voglio farla finita. Non ho intenzione di rischiare quello che c'è con Nessa a causa di Alexis.

«Guarda, provavo dei sentimenti all'inizio.» Unisco le mani tra le ginocchia. «O almeno lo credo. Ero giovane...»

Lei fa il broncio e scivola verso di me, passandomi le mani sul petto. La spingo via e cambio marcia. Alexis è troppo aggressiva per troncare educatamente. «Non sono più interessato a una relazione con te. Siamo cresciuti entrambi e siamo cambiati. Avrei dovuto mettere fine a tutto anni fa. E voglio farla finita adesso. Apprezzerei che mi restituissi la chiave di casa.»

Alexis si blocca per un attimo e sul suo volto passa per un istante un'espressione di vera paura. Poi sbuffa. «Non puoi dire sul serio.»

«Non potrei essere più serio di così. Ti auguro tutto il bene.» Mi alzo e vado verso la porta, sperando che capisca l'antifona.

Le direi che un giorno farà felice qualcuno, ma non ci credo dopo quello che mi ha fatto passare. Alexis è una persona miserabile, subdola e traditrice. Non l'avevo capito finché ho finalmente tirato fuori la testa dall'acqua e ho cominciato a respirare. Con Nessa.

Appena l'ho baciata tutto il mio mondo incasinato si è raddrizzato. Era *così* che doveva essere. Non la cosa fredda e contorta che avevo con Alexis, o tutte le altre.

«Certo che continueremo a vederci. Non si spezza un legame come il nostro.» Mi segue alla porta e cerca di nuovo di toccarmi.

Le afferro il polso prima che ci riesca e glielo rimetto lungo il fianco. «Tu e io non siamo mai stati insieme. Non in quel modo. E no, non ci vedremo più. Ho voltato pagina.»

Lei mi guarda stringendo gli occhi. «Con chi?» C'è un tono tagliente nella sua voce e vorrei non avere detto niente.

«Nessuno che ti interessi. Sono sicuro che vorrai che io sia felice.» Non credo che le importi un fico secco della mia felicità, ma sto cercando delicatamente di convincerla a fare la cosa giusta.

«Tesoro, almeno possiamo restare amici, no?» Le sue parole sono dolci, quasi calorose, ma la conosco troppo bene. Userà qualsiasi mezzo per affondare i suoi artigli in me, per farmi credere che le importi di me, quando in realtà l'unica persona di cui le importa è se stessa.

La cosa più importante è che a me non importa più di lei. «No, non possiamo.»

Lei incrocia le braccia sul petto. «È ridicolo. Che cos'ha questa piccola stronza? Non dirmi che non vuole condividerti. Sappiamo entrambi che non sei il tipo che si impegna e resta monogamo.»

Non lo sono mai stato, ma non significa che non possa diventarlo. Tutte le donne che ho avuto, tra una notte e l'altra con Alexis, erano un mezzo per ripulirmi dalla sporcizia, eppure lasciavano anche loro una macchia. Non mi importava di quelle ragazze, tranne volermi assicurare che si divertissero e arrivassero a casa sane e salve. Non c'è mai stata nessuna con cui volessi avere una relazione seria, fino a Nessa.

Se Nessa mi vorrà, io ci sto.

Capitolo Cinque

Mi fermo davanti all'appartamento di Nessa verso le dieci, dopo aver spinto Alexis fuori dalla porta. Le ho detto di farsi gli affari suoi e restare fuori dai piedi quando ha cercato di farsi dire con chi stavo. Ho praticamente dovuto strapparle dalle mani la chiave di casa mia, ma l'ho riavuta. Se non ci fossi riuscito avrei pagato volentieri per far cambiare la serratura.

Ironicamente, nei tre anni da quando ho comprato questa casa, questa mattina era la prima volta in cui Alexis ha usato la chiave. E sarà l'ultima.

Faccio una corsa veloce al Muffin Top per prendere due cappuccini e dei dolci, sperando di condividere una colazione tardiva con Nessa. Nonostante i miei indesiderati visitatori, è ancora abbastanza presto e potrei trovarla a casa. Dove possiamo parlare... e definire le cose. Perché non mi piace il modo in cui è scappata senza nemmeno salutarmi. Mi ha lasciato una brutta sensazione.

Busso alla porta del suo appartamento e risponde la sua coinquilina. «Ehi, Teresa, c'è Nessa?»

«Ciao. No, è fuori. Sta facendo delle commissioni.»

Sospiro piano. Questa mattina non sta andando come mi aspettavo. «Sai dov'è andata?»

«No, mi dispiace. Vuoi che le dia un messaggio?»

Do a Teresa uno dei cappuccini e il sacchetto dei dolci. «Certo, dille solo che la sto cercando. Ho già lasciato un messaggio sul suo telefono.»

Lei si destreggia con il sacchetto. «Certo, le dirò che sei passato.»

Comincia a non sembrare più come se Nessa e io non riuscissimo semplicemente a metterci in contatto. Mi sta evitando?

Vado al mio fuoristrada e ripenso alla notte scorsa. Il miglior sesso della mia vita. Il legame tra di noi era intenso. Troppo intenso? Ho esagerato con l'aggressività? Siamo buoni amici e forse sta sragionando dopo quello che è successo.

Appoggio la fronte sul volante. «Datti una calmata.» Devo tranquillizzarmi e lasciare che mi risponda con una chiamata o un messaggio.

Non sono abituato a preoccuparmi se vedo o meno una ragazza. Non so come comportarmi in questa situazione. Non avevo intenzione di avere una relazione con Nessa. Avevo cercato di proteggerla, restandole lontano. Ma non ha funzionato. La desideravo troppo. Adesso che abbiamo superato quella linea non è possibile tornare indietro e non lo voglio nemmeno.

Stasera lavoreremo entrambi alla festa dei Favolosi Anni Ottanta al Blue. Se non riusciremo a metterci in contatto prima del lavoro, le chiederò di vederci dopo. In un modo o nell'altro faremo chiarezza perché il fatto che se ne sia andata dopo il miglior sesso della storia del sesso bollente non è stato carino. E se, in fondo alla mente, so che quel legame ha più a vedere con Nessa e meno col puro sesso, per adesso non ci penso. Non ho intenzione di mettermi ad analizzare troppo i miei sentimenti proprio adesso. Ho solo bisogno che risponda alle mie chiamate.

* * *

Nessa

Sono stata un fascio di nervi per tutta la giornata. Dopo aver fatto ogni commissione possibile per evitare di pensare a Zach, finalmente ho controllato i miei messaggi. Mia sorella ha chiamato una volta, Zach due volte. Teresa mi ha detto che è anche passato.

Teresa mi ha già interrogato sulla notte scorsa, dov'ero e che cos'ho fatto, e sono piuttosto sicura che sappia che c'è qualcosa in ballo. Non sono scesa in particolari ma sa che ho passato la notte da Zach. In passato Teresa mi aveva chiesto che sentimenti provavo per lui. Ero stata zitta, nascondendoli a lei come avevo fatto con gli altri amici, ma la mia coinquilina ha decisamente subodorato qualcosa.

Carino che Zach mi abbia portato da mangiare, ma potrebbe anche trattarsi di un'offerta di pace per un errore commesso. Può non avere relazioni di lunga durata con le donne (o più di un appuntamento) ma è sempre stato una persona corretta. Non sparirebbe immediatamente... *Oddio*, esattamente come ho fatto io.

Stamattina sono stata una vera codarda, e lo sono ancora. Non voglio perdere Zach e immagino che se lo evito non ho bisogno di affrontarlo. Irrazionale ma efficace.

Una vocina in fondo alla mente insiste a ripetere che potrebbe *volere* veramente vedermi. Forse non gli è piaciuto che me ne sia andata questa mattina. L'ho repressa perché non voglio farmi illusioni. Zach è il tipo da sesso casuale. In ogni caso, lo vedrò stasera al Blue perché, una volta tanto, lavoreremo insieme nella stessa sala. Basta nascondermi. È ora di affrontarlo.

Sto sclerando mentre vado al casinò.

Respira profondamente. Ancora un quarto d'ora prima che cominci il mio turno.

Prendo l'ascensore per andare al piano della direzione. Sono arrivata qualche minuto prima per fare una domanda a Mira. È l'inizio del mio turno e la fine del suo, ma dovrei essere in grado di trovarla.

Saluto Gayle, la receptionist, mentre passo nell'atrio. Dicono che Gayle una volta fosse una cameriera di sala, finché aveva ottenuto un impiego in ufficio. Indossa un tailleur professionale, blu scuro rigato, ma come sempre ha un trucco pesante e i capelli rosso vivo. La vedo perfettamente al piano di sotto, con il resto delle cameriere. Spero di seguire i suoi passi, con un lavoro d'ufficio, non i capelli rossi.

Cammino lungo due corridoi per arrivare all'ufficio di Mira. Ha uno di quegli spazi minuscoli, senza finestre. Vorrei dire che è accogliente ma in realtà non è così. Una parete è occupata da un gigantesco cartellone pieno di date ed eventi, l'altra da una pianta d'appartamento, grande e mezza morta.

Mira alza gli occhi quando entro e sorride. «Ehi, ragazza, che succede?» Si infila le scarpe col tacco che aveva lasciato sotto la scrivania e mi abbraccia.

La rimprovero per non essere venuta ieri sera, dopo avermi obbligata ad andare alla serata tacos, facendomi sentire in colpa e lei indica la sua scrivania. È piena di cartellette.

«È quello a cui stai lavorando?»

«Sì.» Sospira. «Al Blue c'è carenza di personale,

oramai da qualche mese. Abbiamo un tizio nuovo al reparto Ospitalità, ma il resto del lavoro ricade su me o Hayden. Come va in sala? Immagino che lavori stasera, visto che sei qui.»

«Sì, lavorerò al club.» Non c'è bisogno che dica a Mira che lavorerò alla festa dei Favolosi Anni Ottanta. Ne sa più lei degli eventi del Blue di chiunque altro conosca. «In effetti sono venuta qualche minuto prima per chiederti una cosa.» Mi infilo una ciocca di capelli dietro l'orecchio, di colpo nervosa. «Potresti informarmi quando sarà disponibile un impiego per il quale pensi che sia qualificata?» Le elenco tutti gli stage che ho fatto durante il college.

È promettente il fatto che il casinò abbia bisogno di personale, ma in effetti non ho praticamente nessuna esperienza lavorativa. Comunque spero che salti fuori qualcosa che possa farmi passare al lavoro d'ufficio.

Non riesco a credere di aver lavorato come cameriera per più di un anno. I miei genitori mi hanno dato il tormento quando mi sono trasferita a Lake Tahoe, dicendomi di trovarmi un "lavoro vero", dopo avermi pagato il college. Un anno e mezzo dopo, mi rendo conto che il tempo è volato. È passato talmente tanto tempo che perfino i miei genitori hanno smesso di dirlo. Ma adesso sono pronta a voltare pagina.

«Ovviamente controllerò anche negli altri casinò. Volevo solo parlare prima con te, dato che lavoro già al Blue. Non può far male aver lavorato in sala, giusto?»

«Assolutamente no. E non sei per niente ridicola. Certo che ti aiuterò. In effetti...» Si picchietta il mento. «Ho qualcosa in mente. Potrebbe essere veramente una bella cosa.» Continua a picchiettarsi il mento.

Mi sta innervosendo. «Qualunque cosa sia, ci sto. Sono completamente flessibile.»

«Bene, perché c'è solo un intoppo. Non è una posizione retribuita.»

* * *

Stasera sono vestita come nei favolosi anni Ottanta, con tanto di scaldamuscoli e un top senza spalline con le paillettes. Il costume è completato da una minigonna elasticizzata nera. Grazie al cielo, visto che è una serata a tema, posso portare le mie sneakers con la zeppa. Una delle cose che ho fatto stamattina è stata andare dal medico. Ho scoperto che il dito non era rotto, lo sembrava solamente. Mi insegnerà ad avere una pseudo-avventura di una notte e sgattaiolare alle prime ore del mattino.

Il dito fa un male cane e se non ci fosse stato l'evento mi sarei data malata. Non avrei assolutamente potuto lavorare con le scarpe alte. Viva le sneakers.

Allaccio l'ultimo gancio del reggiseno push-up, perché, anche con l'abbigliamento anni Ottanta, il Blue pretende che le tette ci arrivino al mento. Tengo il fiato e lo sistemo in modo che spinga in alto quel poco che Dio mi ha dato. Non sono pettoruta, ma perfino io ho un bel davanzale nelle uniformi del Blue.

Le uniformi delle cameriere di sala sono carine e divertenti da indossare, ma non avrei problemi ad appenderli al gancio e indossare un elegante abbigliamento da ufficio. Non voglio mentire, quando mi sono fermata nell'ufficio di Mira prima del mio turno pensavo a un impiego retribuito. Ma lo stage di cui mi ha parlato sembra perfetto per me. Così perfetto che in effetti posso ignorare il fatto che non sarà retribuito. Lavorerei nel reparto marketing, come assistente del direttore.

Lo stage occuperebbe qualche ora prima del mio turno

di cameriera di sala e significa che lavorerei molte ore, ma se tutto andasse bene potrebbe portare a un impiego pagato di tutto rispetto. E, diversamente da molte società che pagano pochissimo gli impieghi di basso livello nel marketing, il casinò paga stipendi generosi ed è il motivo per cui assumono tramite gli stage.

È ora che mi dia da fare di nuovo, altrimenti potrei finire a quarant'anni a fare ancora la cameriera al Blue, con i capelli tinti e calli ai piedi. È un lavoro facile, la gente è gentile e la paga non è male. Ma non è ovviamente l'eccitante carriera nel marketing che mi ero prefigurata quando mi sono laureata.

Moltissime cameriere a Lake Tahoe ne hanno fatto la professione della vita. Vivere in un paradiso, con una buona paga, non è così male. Ma non fa per me. Non so come sia successo. Come ho fatto a restare incastrata dall'anno scorso. E dopo aver fatto quello che potrebbe essere l'errore più grande di tutti, andare a letto con uno dei miei migliori amici, che, guardate un po', è l'uomo di cui sono stupidamente innamorata, ho bisogno di un cambiamento. Devo voltare pagina. La mia vita amorosa potrà essere in subbuglio, ma posso prendere una decisione riguardo alla mia carriera.

Attraverso il casinò, diretta al club del Blue e diversi clienti si voltano a guardare a bocca aperta. Spero che signifïchi che le mance saranno buone. L'abbigliamento anni Ottanta pagherà i conti. Ed essere occupata è una buona cosa perché sto sclerando al pensiero di rivedere Zach.

Passo davanti al buttafuori di servizio al cordone davanti al club. Non c'è nessuno in coda ma è ancora presto. La gente non comincerà ad arrivare almeno per un'altra ora.

All'interno le luci sono attenuate ed è difficile vederci. Prendo una Juicy Fruit dal mio porta soldi e la ficco in bocca, masticando febbrilmente. Appena ci sarà più gente dovrò sputare la gomma e comportarmi in modo professionale. Fino ad allora, continuerò a combattere l'ansia masticando.

I miei occhi si adattano alla luce scarsa e lo vedo. Zach mi sta fissando. Deve avermi vista entrare.

Chiudo gli occhi e faccio un respiro profondo, poi vado da lui.

«Ehi, bellezza.» Sorride e io comincio a tremare in tutto il corpo. Il suo sorriso, quelle labbra piene. In questo momento un po' meno magnetismo non sarebbe male. Così com'è, vorrei lanciarmi addosso a lui. *Uffa.*

È ancora peggio di prima di essere andata a letto con lui. *Non ci riesco.*

Oddio, devo farcela. Lavoreremo nella stessa sala per tutta la sera. *Mantieni la calma, Nessa.*

Zach gira intorno al tavolo da blackjack che hanno installato per l'evento e si mette accanto a me. Indossa una giacca bianca con una maglia azzurra sotto. Ha i capelli sistemati col gel, per ottenere il massimo effetto *Miami Vice.* Ma ecco che cosa vedo io: avambracci forti dove ha arrotolato le maniche, il tessuto che tira sui muscoli delle spalle, occhi scuri che scintillano.

Il suo sorriso mi scioglie dentro. Potrebbe non indossare niente e farmi comunque battere forte il cuore. In effetti, è un pessimo esempio, perché Zach senza niente addosso è ancora più stimolante. Il punto è che è lui. C'è sempre stato qualcosa che non riesco a definire che mi attira. E adesso che so che cosa possono fare quella bocca e quelle mani, che sensazioni dà il suo corpo sopra il mio... sono rovinata.

Mastica, mastica, mastica.

Zach aggrotta la fronte. Tende la mano. «Sputala.»

Resto bloccata e lo fisso come se fosse pazzo. «La mia gomma? In mano a te?»

«Fallo, Nessa, non sto scherzando.»

Mi chino e sputo la gomma come dice, storcendo la bocca, irritata. Sarà meglio che non ricominci a trattarmi come una bambina.

Zach avvolge la gomma in un tovagliolino, prendendolo dal mio vassoio e la lancia nel cestino dietro il bar, a un paio di metri di distanza. «Ora, che cosa diavolo sta succedendo?»

Quando non rispondo – perché come diavolo dovrei rispondere quando non lo so nemmeno io? – mi afferra gentilmente per il braccio e mi tira da parte. «Perché te ne sei andata questa mattina?» La voce è bassa, leggermente roca e mi fa cose strane.

«Non volevo che le cose fossero imbarazzanti.»

«Perché avrebbero dovuto essere imbarazzanti?»

«Forse perché siamo andati a letto insieme?» sussurro un po' troppo forte.

Zach prima sorride e poi aggrotta la fronte. «Esattamente. È stato meraviglioso, quindi perché le cose dovrebbero diventare strane?»

Devo proprio dirlo chiaro? «Perché siamo amici. E tu non hai una ragazza fissa, solo donne con cui vai a letto. Quelle avventure di una notte che ti piacciono tanto.»

Lui mi guarda con intenzione. «Con le altre, non con te.»

Lo fisso, cercando di leggere la sua espressione. Il cuore vorrebbe credere che stia dicendo che c'è qualcosa di più profondo, ma la logica dice di no. «Quindi stai dicendo che vuoi rifarlo?»

Stringe le labbra, teso. «Sto dicendo che non c'è un "rifarlo", che c'è un *noi*. Pensavo che avessi capito ieri sera che avremmo fatto sul serio, una volta fatto quel passo. Tenendoti a distanza tutti questi mesi stavo cercando di proteggerti, ma l'hai reso impossibile.»

Lo guardo, incredula. Da che cosa avrebbe dovuto proteggermi? Lo desideravo. Lo sa. E comunque... «Allora ieri sera è colpa mia?»

Certo, mi sono offerta, ma accidenti se accetterò di prendermi tutta la colpa.

Mi guarda come se fosse confuso. «Beh, non colpa tua, ma sai... te l'avevo detto che ero debole quando si trattava di te.» Davanti all'espressione sul mio volto aggiunge: «Voglio di più con te. È tutto il giorno che ti cerco per parlarne». Si guarda alle spalle quando un lavapiatti sbatte una pila di bicchieri di plastica sul ripiano, poi abbassa la voce: «Mi sei mancata quando non ti ho trovata questa mattina. Sono venuto a casa tua, ma non c'eri e non rispondevi alle mie chiamate. Perché non hai risposto?». C'è un accenno di disperazione nel suo tono di voce.

Non è possibile che stia dicendo quello che penso stia dicendo. Che è serio sul fatto di avere una relazione. Cioè, è quello che voglio, ma devo essere razionale. Non posso saltare alle conclusioni quando si tratta di Zach, perché se mi sbaglio mi spezzerebbe il cuore. «Le cose sono diverse per noi.»

«Esattamente.»

«Non volevo che ti sentissi in trappola. Mi preoccupavo che tu... uhm... mi avessi baciato e altre cose... perché ti dispiaceva per me.»

Zach sbatte parecchie volte gli occhi, fissandomi in volto come se fossi un rompicapo che non riesce a risolvere. «Stai scherzando, vero?»

«No!» Abbasso la voce. «No, sei stato piuttosto chiaro quando hai detto che non volevi immischiarti con me. Mi sono denudata. Pensavo che potessi avere fatto... beh, quello che abbiamo fatto... per pietà.»

Le labbra si muovono come se stesse cercando di non sorridere.

«Non è divertente, Zach.»

«No, assolutamente.» Si china e mi dà un bacio veloce sulle labbra. «Sei un tesorino.»

Ringhio. «Sai che non mi piacciono questi nomignoli. Non sono un tesorino perché sono piccola. E non sono la tua sorellina.»

Zach fa una smorfia e scuote la testa. «Dio, no!» Si avvicina, toccandomi la schiena con la punta delle dita. «Sei sexy e bella e vorrei che non stessimo lavorando per poter tornare a letto. Il mio, o il tuo. Funziona in entrambi i modi.»

Sento un brivido lungo la schiena e il battito aumenta a ogni parola. Forse sto anche respirando un po' in fretta. «Sei sicuro che è quello che vuoi? Non lo stai dicendo solo perché ti dispiace per me?»

Zach spalanca gli occhi. «Nessa, vuoi veramente che ti dimostri quello che provo? Qui?»

«No.» Scuoto la testa a scatti. Visto il modo in cui mi sta guardando, lo stesso modo di ieri sera nella vasca idromassaggio prima che mi portasse via, dobbiamo cambiare argomento.

Ma sorrido, non riesco a farne a meno. Sono così felice di essermi sbagliata, o che il mio istinto fosse giusto. Sono contenta che quello che abbiamo non sia come le sue passate scappatelle. La nostra non è una scappatella.

Zach sorride, mi bacia sulla guancia e le sue labbra si attardano per un momento. «Più tardi. Dopo il lavoro?»

«Sì.»

Ed è così che passa il resto della serata. Sguardi bollenti

e sexy da Zach, il mio cuore che accelera, la mente distratta mentre consegno i Cosmo ai ragazzi con i capelli alla Flock of Seagulls e Sierra Nevada alle ragazze con le fasce per capelli e i nei alla Madonna. Ho consegnato i drink sbagliati già due volte, le mance sono andate a farsi fottere e non potrebbe importarmi di meno.

Alla fine del nostro turno, Zach si avvicina mentre sto sistemando i conti con il barista. «Posso venire tra un po'?» chiede. «Vorrei andare a casa a farmi una doccia prima, ma dopo? Sarebbe okay? Non è troppo tardi?»

È mezzanotte, ma chi guarda l'ora? «No, non è troppo tardi.»

«Farò in fretta, allora. Possiamo mangiare qualcosa al Last Stop.»

Lo guardo andare. Il club è ancora affollato perché questo posto chiude solo per un paio d'ore. È buio e squallido, ma il mio sorriso è luminoso. Parecchia gente mi guarda come se fossi pazza mentre mi avvio verso l'uscita, qualche minuto dopo.

Ed è vero. Sono pazzamente innamorata.

Capitolo Sei

Ispirata dalla festa del Favolosi Anni Ottanta, prendo un top scintillante senza spalline e lo abbino a jeans coi risvolti e le mie sneakers con la zeppa. I tacchi starebbero meglio, ma il mignolino fa ancora un male cane.

Il cuore sta battendo forte e sono una massa tremolante di gelatina. Sono così nervosa per l'appuntamento con Zach ed è assolutamente stupido perché lo conosco. Siamo buoni amici da oltre un anno, ma questa sera è diverso, con lui che viene a prendermi, anche se l'ha già fatto un migliaio di volte. Significa qualcosa, per me almeno, e prego che significhi qualcosa anche per Zach.

Mi metto il rossetto e sento bussare alla porta. Un ultimo sguardo allo specchio, do un po' di volume ai capelli, aggrotto la fronte, tolgo un filo tirato dal top, poi chiudo gli occhi e mi giro. Non serve cercare di essere perfetta. O gli piaccio abbastanza oppure non è così e non servirà cercare di farmi bella per cambiare la situazione.

Armeggio con la serratura e apro la porta.

«Ehi» dice Zach, guardandomi dalla testa ai piedi. «Sei bellissima.»

Lascio uscire il fiato che stavo trattenendo finché non noto come sono tese le sue spalle. Sembra nervoso anche lui e non posso fare a meno di sentirmi male di nuovo. Com'è possibile avere un rapporto normale? Siamo stati folli a pensare che potesse funzionare?

«Sei pronta?» mi chiede.

«Sì, devo solo prendere la borsa.»

Zach cammina dietro di me quando usciamo. Allungo un braccio, chiudo a chiave la porta e lo sento che osserva ogni mio movimento. E mi fa armeggiare a disagio con la chiave mentre di solito non sono così scoordinata.

Zach guida fino al Last Stop, un bar/ristorante locale dove vanno tutti per mangiare fuori orario. La nostra conversazione durante il tragitto è quasi inesistente per via della tensione nell'aria.

Ordiniamo e Zach mi guarda le mani. Allunga la sua, tocca i sottili braccialetti sul polso, poi mi prende le dita.

È un gesto semplice. Una cosa normale da fare quando si esce insieme. Ma Zach e io non siamo semplicemente due persone al loro primo appuntamento. Non so perché il fatto che mi tenga la mano è naturale, eppure Zach non mi ha mai toccata a meno che stesse scherzando o prendendomi in giro. La pressione della sua mano non è scherzosa, è amorevole e mi fa sentire caldi il petto e il volto.

«Parlami della tua famiglia. Dei tuoi genitori» dice, continuando a studiare le mie dita, che sembrano infantili accanto alle sue.

Uhm, okay. Non ha mai chiesto della mia famiglia. «Sai già che mio padre è nato e cresciuto nelle Filippine. Mia madre è originaria della Cornovaglia.»

«Come si sono incontrati? Come sono? Non so nemmeno se hai fratelli o sorelle.»

Non lo dice come se mi stesse accusando, ma c'è una parte di me che si offende. «Non l'hai mai chiesto.»

Mi guarda negli occhi. «Lo so.»

È stato intenzionale? Fisso le sue unghie squadrate, la superficie della sua mano virile. Intenzionale o no, lo sta chiedendo adesso.

«Mio padre è venuto negli Stati Uniti con una borsa di studio della California Polytechnic University per studiare Ingegneria. Stava facendo dei corsi estivi quando mia madre e un'amica sono entrate nel bar dove stava studiando. Mia madre era negli Stati Uniti in vacanza e lei e la sua amica stavano andando a Santa Barbara.» Sorrido. «Potrebbe essere una stronzata, ma mio padre dice che appena la vide capì che l'avrebbe sposata.»

Zach resta in silenzio per un momento. Sembra stia riflettendo. «È così? L'ha vista e si sono sposati?»

Scoppio a ridere. «Diavolo, no! Mia madre pensava che fosse pazzo. Lui cercò di offrirle il caffè e lei rifiutò. Nel tentativo disperato di rivederla, lui invitò lei e la sua amica a una festa quella sera. Poi dovette chiamare i suoi amici chiedendo loro di dare una festa perché doveva far colpo su una bella ragazza. Comunque mia madre ci andò.»

«E tuo padre la logorò?»

«No.»

«Accidenti, comincio a provare pena per tuo padre.»

«Non è così facile per tutti gli uomini.»

Zach si risente. «Non è mai stato facile, Nessa.»

Ignoro il sottinteso perché non capisco. Zach è uscito con tante donne che non riuscirei nemmeno a contarle. Non capisco perché si sia trattenuto così a lungo quando si trattava di me. Oppure perché, improvvisamente, sia disposto ad avere di più. Ma non ho intenzione di chiederlo, perché stare con lui è la cosa che voglio più di tutte. E non voglio portare iella.

«Alla festa non successe niente di eccitante, ma mia madre accettò di dare a mio padre il suo indirizzo a Londra. Lui le scrisse, la chiamò e poco per volta si insinuò nella sua vita. Poi a un certo punto andò a trovarla. Si suppone che fosse durante quella visita che lei gli permise di baciarla.» Rabbrividisco. Mmm, non è fico pensare ai genitori che fanno sesso.

«E?»

Sbuffo. «A quanto pare le piacque. Quando mia madre tornò negli Stati Uniti per un'altra visita, mio padre aveva già comprato un anello e le chiese di sposarlo.»

La nostra cameriera ci serve e Zach prende una patatina che hanno portato con il sandwich al roast beef. «Piuttosto romantico direi.»

Abbasso la testa e mi concentro sul mio piatto. «Lo so.»

La storia di come si sono conosciuti i miei genitori è difficile da battere. Né le mie sorelle né io abbiamo avuto molta fortuna in fatto di relazioni. Al momento siamo tutte single, perfino la maggiore che si sta avvicinando al quarto di secolo. In effetti è la più single di noi. Non riesco a immaginarla lasciarsi andare abbastanza da permettere a un uomo di avvicinarsi. Non ricordo l'ultima volta in cui è uscita con qualcuno.

«Come hanno fatto i tuoi genitori a finire nell'area della Baia?»

«Mia madre detestava il suo lavoro a Londra, quindi si trasferì in California quando si sposarono mentre mio padre finiva i suoi studi. Una volta laureato, venne assunto da una ditta aerospaziale della penisola. Il resto è storia.»

Zach aggrotta la fronte. «Quindi tuo padre è un cervellone: la borsa di studio, lavorare nel settore aerospaziale...»

«Sì, ma è anche un tipo terra a terra. È così che ha corteggiato mia madre e la sua famiglia. È anche belloccio. Io sono l'unica tappetta in famiglia.»

«Fratelli o sorelle?»

Avevo dimenticato fino a che punto le nostre passate conversazioni si erano tenute lontane dalle informazioni personali. Sembra strano che Zach non sapesse delle mie sorelle, visto quanto tempo ho passato con lui, ma potrebbe essere colpa mia quanto sua. Lui non l'ha mai chiesto e io non ne ho mai parlato. Parliamo dei nostri amici comuni, di quello che stiamo facendo, del lavoro, ma mai delle nostre famiglie. E mai delle persone con cui stiamo uscendo, o *non* uscendo nel mio caso.

L'unico motivo per cui so che la madre di Zach ha vissuto una tragedia è perché l'ho sentito per caso che ne parlava con i suoi amici. So anche che è figlio unico. E adesso mi ha raccontato che il padre è un giocatore d'azzardo professionista. Ma finora lui non sapeva praticamente niente della mia famiglia.

«Ho due sorelle e, prima che me lo chieda, mi fanno diventare matta» dico. Lui sorride. «La maggiore è nelle Filippine a trovare la famiglia di nostro padre. È là da qualche mese e ci resterà ancora altri due. Probabilmente siamo quelle che si assomigliano di meno. Lei è super metodica, organizzata e le nostre personalità si scontrano spesso. Non approva niente di quello che faccio e io penso che dovrebbe togliersi la scopa dal culo.»

Zach scoppia a ridere. «Oddio, è bello essere figli unici. Ma, davvero, sembra piuttosto fico avere una sorella con cui ti scontri.»

Gli rivolgo un'occhiata incredula che lo fa solo ridere più forte. Scuoto la testa e continuo. «La minore e io siamo molto legate. Vive sulla costa est e frequenta il college. Sto cercando di convincerla a trasferirsi a Tahoe per l'estate quando si sarà laureata, tra qualche settimana.»

Ha un'espressione seria quando dice: «È bello che abbia delle sorelle. Non l'ho mai saputo».

«Non l'hai mai chiesto e sembrava che non ti interessasse.»

Zach deglutisce e distoglie lo sguardo. «Mi è sempre importato. Stavo solo cercando di mantenere una certa distanza.»

«Perché?»

Lui appoggia il gomito sul tavolo e gioca distrattamente con la saliera e la pepiera. «Tu sei bella, dolce e guarda da che famiglia vieni. La mia famiglia è... Beh, lo sai.»

«So qualcosa. Ma, Zach, non mi interessa la tua famiglia. A me interessi tu. Mi piaci *tu*.»

Mi rivolge un sorriso che dura poco. «Tesorino, e non arrabbiarti per il nomignolo. È così che ti vedo: una ragazza dolce e bella. Solo che mi piace immaginarti senza vestiti» dice con un sogghigno a labbra chiuse.

Tesorino non è poi così male se lo dice in quel contesto. «Okay, posso accettarlo.»

Cominciamo a mangiare e so per esperienza che Zach non parla mentre sta divorando il cibo. Quindi aspetto che rallenti e poi gliela faccio... La domanda che ho sempre voluto fare e non ho mai fatto. «Che cos'è successo a tua madre, Zach?»

Lui distoglie lo sguardo. Sorseggia un po' d'acqua e si asciuga la bocca. «Mia madre è caduta e ha battuto la testa parecchi anni fa. Non si è mai ripresa.» Alza gli occhi, esaminandomi il volto, ma io sto guardando lui, aspettando che dica di più. «Era fuori con mio padre e qualche altro amico. Io ero al penultimo anno delle superiori. Aveva bevuto. Non la definirei un'alcolizzata perché a un certo punto si era resa conto di bere troppo e l'aveva ridotto. Ma la sera dell'incidente aveva bevuto troppo. Erano a una festa data da un ricco nababbo di Tahoe e sua moglie. C'era uno scalone di pietra.» Si ferma e fa un respiro profondo, gettando il tovagliolo sul tavolo come se avesse perso l'appetito.

«Non devi parlarne se è troppo doloroso.»

«No, va bene. Solo che fu così insensato, sai. Un minuto prima era una moglie e una madre. Lavorava nello studio di un dentista e si occupava di me e mio padre. E l'attimo dopo...»

Allungo la mano sul tavolo e intreccio le nostre dita, fissando le nostre mani unite.

«È caduta dalle scale, ha battuto la testa ed è tutto. La luce si è spenta. Non è morta ma ha perso tutto. Da allora, mia madre è ricoverata in una struttura per lungodegenti. Vado a trovarla una volta al mese e lo fa anche mio padre, ma non serve a molto. Non è attaccata a un respiratore o roba simile, semplicemente...», dice scuotendo la testa, «...non c'è più.»

«Che cosa significa?»

«Il cervello si è gonfiato quando è caduta. È stata in coma per un po'. Quando si è svegliata era quasi interamente inerte. È stata in riabilitazione per anni, ma non ci sono stati molti miglioramenti. I medici dicono che il suo cervello è stato danneggiato in modo permanente. Sbatte gli occhi, fa le cose automatiche, come deglutire, ma deve essere imboccata perché anche se riesce a sollevare le mani non ha la capacità di tenere una forchetta. Non riconosce i volti. Non sa che sono lì.»

Il desiderio di allungarmi sul tavolo e abbracciarlo è quasi irreprimibile, ma mi trattengo. È il nostro primo appuntamento e non voglio esagerare, cosa ridicola se penso a quello che abbiamo fatto la notte scorsa, ma è così.

Nel giro di una sera, Zach ha perso sua madre. Potrà essere in grado di vederla, toccarla, ma non c'è più per lui. Mia madre è la roccia della famiglia. Non riesco a immaginare di perderla così giovane, né non avere le mie sorelle a cui appoggiarmi, per quanto possano essere irritanti. «Mi dispiace, Zach. Non avrei dovuto chiederlo.»

«No.» Alza la testa. «Voglio che tu lo sappia. Mia madre mi manca, ma è passato molto tempo dall'incidente. Io sono uno dei fortunati. Ho avuto un buon genitore. Sono grato di averla avuta per tutto quel tempo.»

Non capisco come possa definirsi fortunato. Sembra tragico, ma penso che voglia dire che avrebbe potuto essere peggio. Mi viene in mente la madre tossicodipendente di Mira. È una cosa che può rovinare una persona. Ma Mira è forte. Le sue vicissitudini l'hanno fatta maturare. Anche Zach è forte, solo che non lo crede.

«Beh, penso che tua madre abbia cresciuto un bravo figliolo.»

Lui mi fissa negli occhi. «Non sono bravo, Nessa.»

«Perché lo dici?»

«Perché è vero. La donna con cui mi hai visto? Quella di cui mi hai chiesto?» Mi lascia cadere la mano e si passa le dita sulle labbra. «Avevi ragione. Era una situazione incasinata ed è andata avanti per troppo tempo. Non la vedrò più, ma ciò che ho fatto, continuare un rapporto che sapevo essere sbagliato, era un errore.»

Mi sento sprofondare lo stomaco. È quello che avevo immaginato vedendoli insieme, ma vedere confermate le mie paure? Zach è stato con mucchio di donne, ma quella probabilmente è stata la più costante nella sua vita di adulto. Che effetto ha avuto sul suo desiderio di voltare pagina?

«È veramente finita?»

«Sì, e non ha niente a che vedere con te. Oh, beh, forse un pochino, ma è qualcosa che penso da molto tempo. Non volevo agitare le acque, ma adesso non me ne importa un cazzo.»

«Stai... vedendo qualcun'altra?»

«No.»

«Quindi sono solo io?»

«Assolutamente.» Si massaggia la mandibola. «Tu non stai uscendo, sai con quel tizio, Sal?» Scuoto la testa. «Bene. Bene così.»

«Bene? È veramente quello che vuoi, Zach?»

Lui sbuffa ridendo. «Non ti merito, ma sì, è quello che voglio.» Si china sul tavolo e mi bacia dolcemente sulle labbra. Non solo mi manda un brivido lungo la schiena, ma mi sento anche la ragazza più fortunata e felice al mondo.

La cameriera consegna il conto a Zach, che lo paga e non mi permette nemmeno di lasciare la mancia. Torniamo a casa mia e mi accompagna alla porta.

«Vuoi entrare?» gli chiedo. È ridicolmente tardi, ma non voglio ancora dire buonanotte.

Zach mi passa il pollice sulla guancia, poi le dita scendono a sfiorare il succhiotto che mi ha lasciato sul collo. I suoi occhi scintillano per un momento, poi torna serio. «Dovrei andare.»

«Sei sicuro?» Sorrido e se c'è un accenno di malizia, beh, non posso farci niente. Penso alla notte scorsa e a quanto lo desidero. È così vicino ma, per qualche motivo, sembra ancora fuori portata.

«Sì.» Gli occhi sono fissi sulle mie labbra, intensi. Mi afferra la mano e mi tira contro di sé. «Ma domani... Puoi controllare se riesci a uscire prima? Voglio avere un vero appuntamento con te.»

Il mio cuore batte così forte che mi chiedo se riesca a sentirlo attraverso la maglia e sarebbe imbarazzante. «Questo non era un vero appuntamento?»

Zach mi bacia l'angolo della bocca, scherzoso. «Mmm, sì, ma non era ufficiale. Non un appuntamento che ti chiedo in anticipo. Meriti il meglio, Nessa, e voglio dartelo.»

Mi tiro indietro e lo guardo negli occhi, cercando di valutare quello che ha veramente in testa. «Non sono perfetta, Zach. Dovresti saperlo oramai. Non cucino bene, mastico il chewing come un giocatore di baseball, sono piccola, anche se sono meravigliosamente concentrata.»

Lui sorride. «Per me sei perfetta.»

Capitolo Sette

Zach

Per lasciare Nessa sulla soglia di casa sua ieri sera ci è voluto tutto il mio autocontrollo. Tutto in me chiedeva a gran voce di buttarmela sulla spalla, andare alla carica in camera sua e ripetere ciò che avevamo fatto la sera prima. Mi ero trattenuto per un pelo ed ero riuscito a voltarle le spalle e andare verso il mio fuoristrada. Da solo.

Questa sera non ho intenzione di trattenermi. Questa sera voglio dimostrare a Nessa che cosa significa per me e che sono serio nei suoi confronti.

Ho concordato con un altro mazziere perché prenda la seconda metà del mio turno in modo da poter uscire presto. Dovrò fare un doppio turno per ripagarlo, ma ne vale la pena. Nessa merita un bel ristorante, non una di quelle tavole calde aperte tutta la notte. Avrei potuto rimandare il nostro appuntamento a quando entrambi avessimo avuto una giornata libera, ma l'ultima cosa che voglio è aspettare.

Non riesco a spiegarmelo, ma ho bisogno della rassicurazione che questa cosa tra di noi è reale.

Il Blue è molto affollato, un mare di corpi che invadono la sala del casinò, eppure riesco a vedere mio padre che si sta avvicinando al mio tavolo. Non cammina con un entourage, come le altre balene, ma ha comunque una sua presenza. E conosce metà di quelli che lavorano qui, saluta la gente con un gran sorriso o dando loro una pacca sulla schiena mentre attraversa la sala.

Papà si siede al mio tavolo e getta una *fiche* da cinquecento dollari sul tavolo. «Zach.» Mi saluta con un cenno della testa.

Scuoto la testa. Detesto giocare contro di lui, specialmente quando sta sprecando cinquecento dollari contro la casa. Mi innervosisce. Adesso ho soldi miei, ma non posso fare a meno di preoccuparmi per mio padre e la sua "fortuna".

«Che succede?»

«Sto solo facendo un giro.»

«Com'è andata la giornata a Reno?»

Fa un sorriso lupesco. «Redditizia.»

Almeno a Reno ha vinto.

«Ho visto Alexis mentre entravo.»

Mi blocco per un istante, finché reagisco e servo la mano successiva. «Ah sì?» dico con la voce più pacata che riesco a fingere. Sarei contento di non rivedere più Alexis, ma non c'è la minima possibilità che succeda, visto quanto le piace giocare.

«Ha detto che ha un nuovo protettore.»

Alzo gli occhi. «Protettore?»

Mio padre segnala che vuole una carta. Gliela do e mi occupo degli altri giocatori.

«Alexis ha soldi suoi, ma le piace vivere alle spalle di...», tossisce, dando un'occhiata agli altri giocatori al tavolo, che non sembrano prestare attenzione, «... degli uomini che "frequenta".»

Mio padre e Alexis frequentano gli stessi circoli, dato il loro amore per il gioco d'azzardo. Sicuramente sa più di me della sua vita. Io ero solo un giocattolo.

Sapevo che Alexis aveva altri uomini. Uomini ricchi e potenti che le facevano regali. Di sicuro non aveva i soldi che ha adesso quando era sposata, frequentava i miei genitori e io ero alle superiori.

«Tu e il suo ex marito vi vedete ancora?» Jim era una brava persona. La mia impressione, ora che sono più maturo e conosco il mondo, è che Alexis l'abbia manipolato.

«Lo vedo ogni tanto. Vedo più spesso Alexis. Jim non ha più abbastanza soldi per frequentare i casinò come fa Alexis. È un bel tipo, quella. Quella sera...»

Mio padre cambia espressione, diventa pallido, l'uomo che è perennemente abbronzato. «Quale sera?» lo pungolo.

Mio padre si schiarisce la voce. «La sera in cui tua madre è caduta.»

Non so com'è la vita di mio padre in questi giorni. Preferirei non saperlo, ma non l'ho mai visto con un'altra donna. Amava mia madre, fine della storia.

Ritiro le carte. La casa vince e mio padre ha perso cinquecento dollari. Per lui, vincere e perdere migliaia di dollari in una sera non è niente.

«La mamma e Alexis erano molto amiche. Non mi sorprende che foste insieme la sera in cui è successo» gli dico.

Mio padre guarda in fretta le carte che ho distribuito a faccia in su. «È stata l'ultima persona a parlare con tua madre.»

Sbatto le palpebre sentendo le sue parole. Avevo sempre

pensato che fosse mio padre l'ultima persona con cui aveva parlato mia madre.

Il direttore di sala mi tocca la spalla. «Va tutto bene?» Guarda mio padre. «Come va, signor Elliott?»

Mio padre e il direttore di sala chiacchierano mentre io riprendo il controllo e distribuisco le carte ai clienti ancora in gioco.

«Non lo sapevo» dico a mio padre quando il direttore di sala se ne va.

«Sì, già, ormai è andata. Non ci possiamo fare più niente adesso, sono le carte che abbiamo in mano.» Sbuffo al suo gioco di parole. «Mi sono sempre chiesto, però, che cos'era successo tra tua madre e Alexis. Quella sera tua madre era veramente sconvolta.»

«Tu eri lì, papà. Non lo sai?»

Lui fa spallucce. «Hanno avuto una specie di litigio. Jim e io stavamo fumando un sigaro. Pensavo che si sarebbero chiarite tra di loro. Adesso vorrei... Vorrei essere intervenuto. Tua madre ha cominciato ad attaccarsi alla bottiglia quella sera, furiosa per qualcosa che le aveva detto Alexis.»

La mia mente sta galoppando. Ripenso a quando Alexis e io avevamo cominciato la nostra relazione. Aveva cominciato a flirtare con me quando avevo compiuto quindici anni, mi toccava il braccio quando nessuno guardava, mi abbracciava un po' troppo a lungo quando salutava.

Prima che mia madre cadesse e diventasse un vegetale.

Mio padre non dubita mai delle sue decisioni. «Papà, perché me ne parli dopo tutti questi anni?»

All'inizio non dice niente. Studia la sua mano mentre aspetto un'eternità che risponda. «Ho visto il modo in cui ti guarda Alexis. Voglio tutto il bene possibile per mio figlio. Non sono stato bene dopo che tua madre è caduta. Ne sto lentamente uscendo adesso. Alcune cose sono più chiare. Voglio solo vederti felice, ecco tutto.»

Pensavo che nessuno sapesse di Alexis e me. Ho scoperto di avere nuovamente sottovalutato la capacità di osservazione di mio padre. Mio padre gioca qualche altra mano poi si alza, stiracchiando la schiena. «Bene, Zach, me ne vado. Niente vincite per me stasera. Ci vediamo tra un paio di settimane?»

«Certo. Hai intenzione di passare ancora da qui?»

«Ho una cosa in Arizona. Poi tornerò.»

«Arizona?»

«Anche il tuo vecchio ha delle amiche, sai.» Raddrizza le spalle, con un'espressione un po' imbarazzata.

No. Non lo sapevo. È un nuovo sviluppo.

«Come sta la *tua* amica?» mi chiede. «Quella che se n'è andata l'altra mattina?»

Ovvio che menzionasse il fatto che Nessa mi aveva piantato in asso. Mio padre potrà anche avere un lavoro non convenzionale, ma è anche un tradizionalista. Il mio rifiuto di avere una relazione seria è sempre stato motivo di contrasto tra di noi. Mi sta sbattendo in faccia che una di loro mi ha finalmente piantato in asso. Non che sia quello che è successo. Nessa è scappata perché c'era stato un frain-tendimento. Pensava che avrei trattato la nostra relazione come qualunque altra storiella, e non è questo il caso.

«La porto fuori stasera» dico, un po' troppo compiaciuto.

«Bene.» Mi dà una pacca sulla spalla. «Ci vediamo, figliolo.»

Osservo mio padre che va verso l'uscita, salutando le cameriere, i baristi e qualche mazziere. Poi aspetto mentre le ore passano più lentamente di quanto abbiano mai fatto in vita mia. Non vedo l'ora di uscire da qui.

Ho mandato un messaggio a Nessa per assicurarmi che fosse ancora d'accordo per questa sera. Ha detto che aveva una cosa da fare con Mira, ma che poi sarebbe stata pronta. Ci incontreremo dopo il lavoro e non vedo l'ora di poterla toccare.

Ieri sera mi sono trattenuto, ho cercato di essere un gentiluomo, chi lo avrebbe mai pensato, eh? Ma stasera non ho intenzione di trattenermi. È ora di assicurarmi che Nessa e io siamo sulla stessa lunghezza d'onda riguardo a quello che c'è tra di noi. E se andrà come voglio, lei saprà di essere mia e che io sono suo.

Il pensiero mi rende così maledettamente fiero.

Sapete? Per la prima volta da un po', o da sempre per me, entrambi gli uomini Elliott hanno qualcuno speciale nelle loro vite.

Capitolo Otto

Nessa

Zach è corso a casa a fare una doccia dopo il lavoro e mi dà appena il tempo sufficiente per vedere Mira. Mentre io ho chiesto di poter uscire presto, Mira e qualche altro impiegato stanno lavorando fino a tardi per via di una festa che il casinò sta ospitando per una squadra professionista di basket. Mira ha suggerito che andassi a incontrare la donna incaricata degli stage, dato che sta lavorando anche lei fino a tardi.

Mira sta cercando di farmi accettare quel posto non retribuito, e in effetti non serve che si sforzi. Lavorerò gratis se mi darà un vantaggio per ottenere un impiego negli uffici del Blue Casinò. Mira guadagna un sacco lavorando in ufficio e adora il suo lavoro. Accetterei lo stage non pagato in un batter di ciglia, purché possa coesistere con il mio lavoro di cameriera; devo pur mangiare.

Mi tolgo l'uniforme e indosso un abitino beige elasticizzato senza maniche, che arriva a metà coscia, perfetto con i miei capelli scuri. L'abbino a sandali con la zeppa dello stesso colore e una giacca leggera di denim. Le scarpe sono più zeppa che tacco. Il mignolo va meglio e il gonfiore è sparito, ma non sono ancora pronta per i tacchi a spillo.

Mi chiedo che cosa penserebbe Zach se sapesse che mi sono ritrovata con il culo per terra nel tentativo di scappare la mattina dopo, con i vestiti che avevo la sera prima. Però, visto come mi aveva trattata da amica in tutti i mesi precedenti, ero convinta che si sarebbe svegliato e avrebbe pensato di aver fatto un errore.

Non sono mai stata più felice di essermi sbagliata.

Mmm, forse se raccontassi a Zach tutta la storia, darebbe un bacino al mio mignolo e starebbe meglio? O magari un bacio in qualche altro posto?

Okay, è ora di smettere di pensare al ragazzo con cui sto uscendo, almeno per la prossima mezz'ora mentre incontro Mira e la dirigente.

Mira è alla sua scrivania quando entro nel suo ufficio ed è senza scarpe che, come al solito, sono sotto la scrivania, e sta scrivendo a tutta velocità sulla tastiera.

«Toc, toc» dico.

Il suo volto si illumina e spinge la tastiera sotto la scrivania. «Bene, sei arrivata giusto in tempo. Deborah stava per uscire.»

«Sei sicura che vada bene? Non ho bisogno di un trattamento speciale. Sarei felice di fare domanda come chiunque altro.»

«Beh, sì, dovrai fare domanda. Questa è una semplice presentazione.» Mira si alza e si infila le scarpe, raddrizzando la gonna. «Deborah ti adorerà.»

«E tu vuoi darmi un piccolo vantaggio sulla concorrenza.»

«Esattamente.» Mi abbraccia con un sorriso machiavellico.

«Sei terribile, Mira.»

«No, solo determinata. E aggressiva. Sono buone qualità, no? Comunque Deborah è un guru del marketing ed è lungimirante. Le piacerà il marketing social che hai fatto al college. Inoltre pochissimi tra quelli che fanno domanda hanno lavorato in sala. Sei già un passo avanti.»

Percorriamo il corridoio e Mira mi presenta a Deborah, parlando della mia esperienza nell'e-marketing. Proprio come Mira, Deborah sembra interessata agli stage che ho completato durante il college. Il casinò sta passando dal direct mailing a quello via Internet, quindi sembra che la mia esperienza mi dia un vantaggio.

Quando lasciamo l'ufficio di Deborah sono più ottimista riguardo allo stage. Avevo in programma un impiego simile quando mi sono laureata, pagato, ovviamente. Dettaglio trascurabile. Lavorare al Blue nel loro reparto marketing mi darà l'opportunità di fare esperienza con un datore di lavoro di importanza nazionale.

«Bene. È andata bene» dice Mira con gli occhi che scintillano per l'eccitazione. «Sarei sorpresa se non ottenessi lo stage. Hai l'esperienza che stanno cercando e lavori qui, quindi sanno che sei affidabile.»

«Non voglio farmi illusioni.» Sembra una cosa che ultimamente mi sono detta spesso. Se guardo come sono andate bene le cose con Zach, forse dovrei essere più fiduciosa.

Mira mi mette un braccio sulla spalla e mi stringe così forte da farmi scrocchiare il collo. «Ehi!»

«Scusami, sono così eccitata. Ci serve più potere femminile qui intorno. In questo posto ci sono troppi uomini prepotenti.»

La direzione del Blue non ha la migliore delle reputazioni, ma la maggior parte della gente pensa che sia migliorata da quando hanno licenziato il tizio che aveva causato tutto il casino l'anno scorso.

Guarda lungo il corridoio. «Hai ancora tempo? Potresti darmi ancora qualche minuto per guardare un'altra cosa? Vorrei mostrarti il posto più fico del casinò.» Arriccia il naso. «Non credo che dovrei portarci della gente...»

«Oh, mio Dio. Non fare qualcosa che potrebbe metterti nei guai.»

Fa un gesto indifferente. «No, devi vedere la sala controllo. È proprio qui e mi adorano tutti.»

Sbuffo. «Certo che ti adorano. Posso venire a vederlo, ma solo per un minuto. Devo incontrarmi con Zach.»

Mira apre le porte pesanti ed entriamo. L'aria è elettrica, le pareti e le superfici delle scrivanie sono piene di attrezzature elettroniche. Ha perfino l'odore dei computer: plastica calda e moquette nuova.

«Wow!» Mi guardo attorno. «È veramente fico!»

Parecchi uomini e una donna sono seduti davanti a dozzine di piccoli monitor e controllano ogni aspetto delle sale del casinò.

«Vieni» dice Mira. «Facciamo un giro veloce.»

Mi accompagna intorno alla stanza e guardo la sala e le parti del casinò che non ho mai visto da questo punto di osservazione segreto. Il mio sguardo si ferma su uno dei piccoli monitor e mi chino a guardare.

Mira torna indietro e guarda ciò che ha attirato la mia attenzione e la tiene inchiodata. «Quello è...?»

«Zach» dico, e una sensazione di disagio mi manda un brivido lungo la schiena.

Che cosa ci fa in un corridoio in uno dei piani dell'albergo? Aveva detto che sarebbe corso a casa dopo il lavoro. Mi verrà a prendere al Blue ma avremmo dovuto incontrarci al bar.

Non voglio continuare a guardare, ma è come quando si guarda un disastro che sta per succedere: non riesco a distogliere gli occhi.

Zach bussa a una porta e apre una donna. La stessa bionda che aveva detto non avrebbe più visto. La donna sorride e gli mette le mani intorno al collo, baciandolo sulla bocca in un modo tutt'altro che da amica.

Mi manca il fiato, sento lo stomaco che si contrae.

Zach spinge la donna dentro la stanza e la porta si chiude dietro di loro.

Nooo. Perché...

Mira scuote la testa. «Zach, così tipico.» Studia la mia faccia. «Ehi, stai bene?»

Deglutisco e non mi esce niente. Né un suono né l'aria.

«Nessa?»

«Possiamo andare?» chiedo con la voce soffocata.

Torniamo in corridoio e Mira mi ferma mettendomi una mano sulla spalla. «Che cos'è successo, Nessa?»

«Non mi sento bene.»

Mira mi osserva. «Dammi un minuto. Stavo per uscire. Ti do un passaggio. La sala controllo è sempre caldissima con tutti i monitor e i computer e... Sei sicura che non stai per svenire?»

«No. Sono...»

Non sto bene. Ma è il cuore.

Afferro Mira e le premo la faccia sulla spalla, cercando di trattenere le lacrime. Ma è inutile. Arrivano lo stesso.

«Nessa? Oh mio Dio. Vieni.» Mi tira nel suo ufficio. Aspetto che spenga il computer e prenda le sue cose.

Mira non mi chiede che cosa non va, ma mi guarda ogni pochi secondi mentre mi accompagna a casa, come se pensasse che sto per morire o roba simile. Non posso biasimarla. Mi sembra di stare per morire.

Non ero andata in auto al Blue. Mi aveva accompagnato Teresa dato che dovevo uscire con Zach...

Mi scendono le lacrime sulle guance, sul mento. Non sono una dura che riesce a tenersi tutto dentro. La faccia e il corpo hanno sempre tradito le mie emozioni. Per peggiorare le cose, quando piango sono un disastro: la faccia diventa tutta rossa e a chiazze.

Mi asciugo le lacrime con la manica della giacca di denim. Perché ha fatto una cosa simile? Non capisco. Certo, è sempre stato un donnaiolo, ma non è mai stato uno stronzo. Non mente alla gente. Non a me, né alle altre donne, che io sappia. Da quello che hanno detto lui e i suoi amici, è sempre stato chiaro fin dall'inizio sulle sue intenzioni e la sua incapacità di impegnarsi. Quando mi ha detto che voleva di più e mi ha chiesto di uscire stasera, ho pensato... Gli ho *creduto*. Ho creduto che per lui significassi di più.

Ma ha mentito quando ha detto che tra lui e quella donna era finita.

Mira si ferma davanti al cottage che condividono lei e Tyler. Tyler è al computer quando entriamo ma smette immediatamente e si alza per dare un bacio tenero a Mira. Mi guarda e aggrotta le sopracciglia. Sussurra qualcosa a Mira che scuote la testa. Poi Tyler sale la scala a pioli per andare nel soppalco e Mira mi ficca in mano un paio di pantaloni e una felpa.

«Mettiti questi» mi dice.

Fisso i vestiti che ho in mano. «Dovrei andare a casa.»

«No, resti con me. Passeremo una serata tra donne.»

A volte è più facile fare quello che vuole Mira invece di discutere e adesso non ne avrei la forza. Mi metto i suoi vestiti.

Anche Mira si cambia, poi tira fuori un pacchetto di

patatine e delle bibite. «In questo momento è l'unico cibo spazzatura che c'è in casa.» Mi tira per la manica finché mi siedo accanto a lei sul divano. «Adesso parla, Nessa. Che cosa sta succedendo? E non dire che non è niente. C'è decisamente qualcosa che non va. È successo nella sala controllo? *Zach?* Mi è sembrato che tu sia cambiata appena l'hai visto entrare nella suite di quella donna. Non è quello che ti ha colpito, vero? Voi due avete...?»

«No.» Pensavo ci fosse di più tra di noi, ma sono stata stupida a pensarlo.

Non è cambiato niente tra Zach e me. E non c'è motivo di dirle quanto sono stata stupida a pensarla diversamente. Mi sento già un'idiota.

Il telefono comincia a vibrare nella borsa appoggiata sul divano. Lo prendo. È una chiamata persa da Zach.

Il telefono vibra ancora, questa volta è una chiamata in arrivo. Mi sta chiamando di nuovo.

Mi alzo, vado alla porta sul retro ed esco. «Pronto?»

«Ness, dove sei? Pensavo che avessi già finito di lavorare. Sei ancora con Mira?»

«Sì.»

«Okay. Quanto pensi che ci vorrà ancora? Vuoi che vada avanti e ti ordini da bere?»

«Dov'eri stasera, Zach?»

«Che cosa significa? Stavo lavorando.»

«Dopo il lavoro. Dove sei andato?» Sembro una moglie assillante, insistendo perché risponda, ma ho bisogno che lo dica.

«Sono andato a casa a cambiarmi. Nessa, che cosa sta succedendo? Mi sembri sconvolta.»

«Che cos'hai fatto quando sei tornato al casinò?»

Silenzio, poi: «Ti ho aspettato».

«Non sei andato a trovare nessuno?»

«Dove vuoi arrivare?» Il suo tono è basso e serio.

«Ti ho visto con lei. La donna che dicevi che non avresti più visto.»

Lui sospira. «Come hai... Lascia perdere, non importa. Non è come pensi.»

«Non possiamo più essere amici, Zach.»

«*Cosa?* Nessa, è una follia. Dammi la possibilità di spiegarmi.»

«L'hai baciata questa sera?»

«Cazzo, non è quello che è successo.»

«Hai o non hai messo la tua bocca sulla sua e hai o non l'hai spinta nella sua stanza?»

«Sì, ma non è come pensi.»

«Addio, Zach.» Interrompo la chiamata e spengo il telefono in modo da non essere tentata di rispondere di nuovo.

Non capisco perché mi abbia preso in giro e si sia comportato come se volesse qualcosa di serio. Gli ho dato l'idea che sarebbe stato corretto fare sesso con un'altra donna mentre stavamo insieme? Accettabile, se si fosse trattato solo della storia di una notte, ma mi ero assicurata che non vedesse nessun'altra prima di accettare di uscire con lui.

Perché pensavo che le cose sarebbero state diverse tra di noi? Zach non ha mai avuto una ragazza fissa. Avrei dovuto sapere che sarebbe successo qualcosa del genere. Ma l'avevo aspettato così a lungo. Volevo la possibilità di dimostrare che ero speciale.

Come ho potuto sbagliarmi tanto?

Respiro la fresca aria della sera e mi siedo sul gradino del portico. Il cortile posteriore di Mira e Tyler non è certo un giardino curato, solo una piattaforma di cemento. Il resto sono alberi nativi, terra e aghi di pino.

Mi è sempre piaciuto. È puro. Sincero. Diversamente dal ragazzo che amo.

Ho finito di struggermi per Zach. È solo capace di avere incontri di poco conto. Anche se quello che avevamo non sembrava una cosa da nulla. Sembrava reale.

Metto le ginocchia sotto il mento e mi copro la testa con le mani, con le lacrime che mi scendono sulle guance. La mia testa e il mio cuore non sono mai stati tanto in conflitto.

Capitolo Nove

Zach

Sapevo che la mia relazione con Alexis un giorno sarebbe tornata a perseguitarmi. Non potevo essere coinvolto in una cosa così sbagliata senza che l'universo si vendicasse. Ora che ha rovinato la mia chance con Nessa, vorrei che il quindicenne idiota avesse detto di no ad Alexis quando aveva cominciato a provarci con me.

Mi precipito fuori dal casinò. È colpa mia. Non avrei mai dovuto rispondere al biglietto che Alexis mi aveva fatto recapitare. L'unico motivo per cui ero andato nella sua stanza erano stati i commenti di mio padre. Volevo sapere che cos'era successo la sera in cui mia madre era cambiata per sempre.

Alexis mi aveva mentito. Beh, non mentito, ma aveva omesso. Non mi aveva mai detto che era lì la sera in cui mia madre era caduta.

Avevo bussato alla sua porta, deciso ad avere una risposta, ma, prima che potessi reagire, mi aveva abbracciato, appiccicando la sua bocca alla mia.

In mezzo al maledetto corridoio.

L'avevo spinta nella stanza. «Che cosa stai facendo?»

«Sei venuto» aveva detto. «Sapevo che non potevi restare lontano a lungo.»

Passandomi una mano nei capelli, avevo sospirato, frustrato. «Pensavo di avere messo in chiaro le cose, Alexis. Non sono più interessato ad avere una relazione con te.»

«Ah, davvero? Allora perché sei venuto? Smettila di lottare, Zach. Saremo sempre nelle vite l'uno dell'altra. Sarai sempre il mio amante.»

Come avevo fatto a non notare le sue tendenze da stalker? Questa donna stava perdendo il controllo.

Avrei dovuto andarmene immediatamente ma ero venuto per avere delle risposte. «Che cos'è successo la sera in cui mia madre è caduta? Perché stavate litigando?»

Alexis aveva distolto gli occhi. «Di che cosa stai parlando?»

«Mio padre mi ha detto che tu e la mamma stavate litigando e che è quello il motivo per cui lei aveva bevuto tanto. Hai avuto qualcosa a che fare con il suo incidente?» Ero andato verso di lei. «E non cercare di mentire. Lo capirei.»

Alexis può essere una persona miserabile, ma non è una brava bugiarda. La tradiscono le dita. Di solito torce un filo staccato, giocherella con l'orlo della camicetta, qualunque cosa abbia a portata di mano. È il motivo per cui non ha mai giocato a poker. Non sa bluffare.

Aveva spalancato gli occhi. «No, lo giuro. Non ho avuto niente a che fare con la sua caduta.»

«Allora, perché mia madre era sconvolta quella sera?»

Il suo sguardo era saettato di lato, come se fosse

nervosa. «Non le piaceva quanto eravamo diventati intimi noi due. Non ci capiva, Zach.»

Avevo sentito un masso cadermi sulle spalle. «Quindi è colpa mia se la mamma si è fatta male.»

Alexis mi aveva afferrato il braccio. «Non è colpa tua. Non è stata colpa di nessuno. Tua madre ha inciampato in cima alle scale. È caduta ed è atterrata male. Stavamo discutendo quella sera, ma era un'amica. Non ho mai voluto che le succedesse qualcosa. Non l'ho spinta, se è quello che ti preoccupa. Io ero in fondo alle scale.»

Mi ero scrollato di dosso la mano di Alexis ed ero andato alla finestra panoramica sul lago che ha una tra le acque più limpide al mondo. Strano che potessi guardare una cosa così bella circondato da tanta bruttezza. Alexis poteva non avere spinto mia madre dalle scale, ma ciò che lei e io stavamo facendo aveva causato dolore a mia madre e quelli erano stati i suoi ultimi pensieri coerenti.

Avevo sentito Alexis che si avvicinava da dietro. «Quello che c'è tra noi è speciale. Tua madre non lo capiva.»

«Quello che c'era tra noi era sporco» le avevo risposto senza voltare la testa, poi mi ero girato per guardarla in faccia. «Non voglio avere più niente a che fare con te, Alexis. Se mai mi avvicinerai di nuovo, qui o altrove, andrò alla polizia e dirò loro che mi hai violentato quando avevo sedici anni.»

«Ridicolo. Lo volevi anche tu.»

«Davvero? Ero un ragazzo che piangeva la perdita di sua madre. Ero vulnerabile e tu te ne sei approfittata. L'unico motivo per cui non sono andato alla polizia finora è perché mi sentivo parzialmente responsabile, ma non mi lascerò fermare di nuovo. E se credi che potrai rifarlo e tentare con un altro ragazzo minorenne, ripen-

saci. Se ti avvicinerai a me o alla mia ragazza, o se sentirò perfino l'accenno di una voce su di te e qualche ragazzino, ti denuncerò e produrrò le prove. Ritienilo un avvertimento.»

«Che prove?»

Le avevo rivolto un'occhiata incredula.

«Quelle e-mail? Se le hai ancora, dimostra solo quando volessi quello che avevamo. E non c'è mai stato un altro ragazzo... Giovane come te» aveva chiarito. «Tu eri speciale. Tu sei speciale.»

«Sei malata, Alexis. Fatti aiutare. E non dimenticare il mio avvertimento. Sai che non gioco. Non sto bluffando.»

«Zach!» aveva gridato Alexis mentre andavo verso la porta. Le avevo dato un'occhiataccia e la sua espressione era cambiata. Si era stretta nelle braccia, con le labbra tirate. «Tornerai da me, e io ti aspetterò.»

«No, Alexis, non tornerò.» Ero uscito e non mi ero più guardato indietro.

Appena ero uscito dall'ascensore avevo tentato di trovare Nessa nel salone del casinò. Nessuno la vedeva da oltre un'ora. Avevo aspettato ancora un po' poi l'avevo chiamata, scoprendo che Nessa sapeva di Alexis e del bacio in corridoio.

Cazzo, lei *sapeva*. Come aveva fatto?

Non aveva importanza. Avevo appena rovinato la cosa migliore che mi fosse mai capitata.

Nessa

Mi strofino il volto per togliere la traccia delle lacrime. È passata quasi mezz'ora da quando ho smesso di parlare al telefono con Zach e Mira non è uscita a cercarmi, grazie al cielo. Mi sta lasciando un po' di spazio.

Forse Zach aveva un buon motivo per aver incontrato quella donna stasera. Ma che ragione poteva aver avuto per baciarla?

Sono così stanca di essere innamorata di lui senza che lui provi gli stessi sentimenti. Non mi vede come lo vedo io ed è ora di smettere di pensare che le cose possano essere diverse. La notte che abbiamo passato insieme è stata una delle migliori della mia vita, ma devo rinchiuderla in una scatola e dimenticarla.

Mi si stringe lo stomaco. Premo con la mano il punto dolente prima di alzarmi. Faccio un respiro profondo, mi metto i capelli dietro le orecchie e apro la porta sul retro.

Mira è sul divano e mi osserva mentre entro. «Ness...» dice, con una muta domanda sul volto.

«Va bene se non ne parliamo adesso?»

Non credo di riuscire a rivelare come sono stata ingenua a pensare che Zach tenesse veramente a me.

Mira annuisce e mi siedo accanto a lei. Accende la TV e guardiamo un reality show. Non so quale. Ho la mente vuota mentre il corpo passa dal dolore alla nausea.

Bussano alla porta e Mira mi guarda.

Scuoto la tensa. «Non è per me» dico, fissando senza vederlo lo schermo della TV.

Mira si alza e apre la porta. C'è Zach. Indossa jeans scuri e una camicia con le maniche arrotolate fino ai gomiti. È bellissimo, ma gli occhi sono cupi e preoccupati.

La sua presenza mi toglie il fiato. Il mio corpo comincia a vibrare.

Accidenti al mio corpo.

Come posso andare dal dolore al desiderio in un battito di ciglia? È quello che provo quando è vicino, da sempre.

Vorrei scappare e nascondermi.

Vorrei premere il volto sul suo petto e farmi stringere tra le sue braccia.

Sono un disastro, in conflitto con me stessa.

Zach resta sulla soglia. «Nessa, ti posso parlare?»

Mira va al centro della stanza. «Io...» Guarda a sinistra poi a destra, ma la casa dove vivono lei e Tyler è minuscola. L'unica stanza da letto è proprio accanto al soggiorno e le pareti sono sottili. Non c'è nessun posto dove andare per lasciarci un po' di privacy.

Annuisco. Non penso che sia una buona idea restare da sola con lui. Non voglio lasciarmi trascinare dalle sue parole a fare qualcosa che il mio cuore è troppo debole per combattere. Quando si tratta di Zach, voglio che una volta tanto sia la testa a comandare e mantenere le distanze è fondamentale. Ma ha ragione. Non c'è un posto in questa casa dove poter lavare i nostri panni sporchi senza che Mira e Tyler ci sentano.

Prendo la borsa e mi infilo le scarpe che avevo prima di venire da Mira. Ho ancora i pantaloni e la felpa, ma non importa. Zach mi ha visto in condizioni peggiori. O senza niente addosso. *Oddio.*

Zach mi mette la mano sulla schiena e mi accompagna al suo fuoristrada, poi mi apre la portiera. È un gesto gentile e mi fa incazzare. Non mi aiuta a risolvere il conflitto tra la testa e il cuore.

«Mi dispiace, Nessa» dice quando arriviamo alla strada principale. «Avrei dovuto dirti che cos'era successo con

Alexis. Pensavo di poterlo ignorare, che non avrebbe avuto ripercussioni su di noi, ma mi sbagliavo. Non voglio nasconderti niente.» Mi guarda e accidenti al mio cuore che comincia a battere più forte.

Nel mio cervello stanno scorrendo messaggi amorevoli in abbondanza quando mi guarda con quegli occhi sinceri. E significa che sono nei guai. Il cervello e il cuore non possono essere d'accordo se voglio porre fine a una relazione che può solo essere a senso unico e dolorosa per me.

«Non c'è niente che tu possa dire che possa farmi cambiare idea, Zach. Anche se era solo un bacio, mi avevi detto che era finita con quella donna, mentre chiaramente non è così.» Non m'importa quanto desideri stare con lui. Non sopporterò quelle stronzate.

«Non conosci tutta la storia. L'ho spinta via appena siamo entrati nella sua stanza. Le ho detto, di nuovo, che era finita.» Fa un sospiro profondo. «Quando ho cominciato a vedere Alexis, ero giovane e vulnerabile. Mi prendo la responsabilità di essermi lasciato coinvolgere in una cosa che sapevo non essere giusta. Quella relazione si è trascinata per troppo tempo, ma non sto cercando di ingannarti quando dico che è finita. Per me lo è.»

Svolta in un vialetto e mi rendo conto che siamo davanti a casa sua.

«Nessa... Alexis e qualunque altra donna con cui sono stato fanno parte del mio passato. Voglio che tu sia il mio futuro. Non ti merito, ma ti voglio. Ciò che hai visto questa sera era Alexis che non accettava un no come risposta. L'ho convinta che sarà obbligata a farlo. E se non lo farà, andrò alla polizia perché sono stufo delle sue stronzate.»

«Di che cosa stai parlando?»

«L'unico motivo per cui sono andato nella stanza di Alexis era per avere una risposta riguardo l'incidente di mia madre. Avevo appena saputo che lei era lì quando mia madre è caduta. Ma Alexis ha fatto quello che fa sempre: si è approfittata della situazione. La conosco da tutta la vita e non voglio vederla mai più. È la verità.» Sospira. «Nessa, ti ho considerato mia dal momento in cui ci siamo baciati. Ti ho sempre considerato mia. Ho quasi preso a pugni quel tizio, Sal, perché aveva cercato di uscire con te.»

«Non è quello che Sal...»

«Sì, era così. Fidati, so che cosa pensano gli uomini. E qualunque uomo cercherà di concludere se prova una minima frazione di quello che provo per te. So che non ha senso, visto che non ho mai fatto niente per dimostrare i miei sentimenti, ma non importa, il mio cuore è sempre stato tuo. Avevo semplicemente troppa paura di incasinare le cose per poter agire. Ho perso un mucchio di tempo, ma ti amo, Nessa. È da tantissimo tempo che sono innamorato di te. Sei la persona più bella nella mia vita. Per favore... Cristo!» Tira indietro la testa, angosciato. «... Per favore, dammi un'altra chance, dai *a noi* un'altra chance.»

Non sono contenta che abbia aspettato così a lungo. Non sono contenta che questa donna, Alexis, stia cercando di aggrapparsi a lui. Ma, per una volta, la mia testa e il mio cuore sono completamente d'accordo.

Allungo il braccio e lui mi afferra per la vita e mi tira vicina, abbracciandomi stretta nonostante il bracciolo tra di noi.

Mi bacia il volto, le palpebre. «Mi dispiace, avrei dovuto dirti prima quello che è successo questa sera. Avrei dovuto dirti tutto, ma non volevo perderti.»

Mi tiro indietro. «Continui a dire che non mi meriti, ma tu meriti di essere felice, Zach, anche se è con qualcun'altra. Ma sono contenta che abbia scelto me.» Sorrido e lui mi bacia, appassionatamente, con le mani che cominciano a vagare, proprio come piace a me.

«Sceglierò sempre te» mormora tra un bacio e l'altro.

«Ti amo anch'io, ma, accidenti, mi hai fatto aspettare un mucchio di tempo.»

Sento che sta sorridendo contro il mio collo. «Puoi punirmi a cominciare da adesso. Purché stiamo insieme.»

Alza la testa e mi bacia finché non riesco più a respirare. Non ne sento nemmeno il bisogno. Chi ha bisogno di ossigeno per il cervello quando il cuore ha sempre saputo che era giusto? Non avrei mai dovuto dubitare del mio cuore.

Il mio cuore è un genio.

Capitolo Dieci

Deborah, la direttrice del marketing del Blue Casinò, insieme ad Hayden, la capa di Mira e Adam Cade, un assistente del reparto ospitalità, sono seduti a un lungo tavolo e mi stanno intervistando per lo stage di marketing. Sarei nervosissima, se questo colloquio non fosse così divertente.

«Nessa» dice Hayden. «Nel tuo curriculum dici che eri incaricata dei social media per l'università durante il tuo ultimo anno di college. È corretto?» Annuisco e lei volta le spalle a Adam, girando il corpo verso Deborah. «Deborah e io parlavamo di trovare qualcuno che ci aiutasse a curare gli account dei social media del Blue. È un lavoro grosso. Da solo potrebbe occupare tutte le ore dello stage.»

«Sono abituata ai social media. All'università avevo un sistema per tenermi al corrente. Penso che potrei occuparmene e avere tempo per altri progetti.»

Adam si china in avanti e appoggia gli avambracci sul tavolo, dando una piccola gomitata ad Hayden e obbligandola a spostarsi di lato. «L'ospitalità lavorerà a stretto contatto con il reparto di marketing quest'anno. Che i social media siano efficienti è fondamentale se lo, o la, stagista deve partecipare alle riunioni per facilitare le comunicazioni tra i due reparti.»

Hayden stringe le labbra. «Adam, questo o questa stagista non dipenderà dall'ospitalità. E anche se così fosse, non dipenderà da te.»

Adam sorride. «Certamente Hayden. Sei tu il capo.»

Hayden lo fissa stringendo gli occhi.

Deborah li guarda, poi sbuffa piano. «Adam non ha tutti i torti. Alla velocità in cui si muove il nostro lavoro, un o una stagista che possa aiutare a superare il gap di comunicazione tra i due reparti sarebbe veramente una risorsa.»

Hayden raddrizza le spalle, sbattendo contro il braccio di Adam, ma, invece di spostarsi e darle spazio, lui si china verso di lei, sfiorandola con la gamba sotto il tavolo.

Hayden diventa rossa come un pomodoro.

Questi impiegati sono molto più divertenti di quelli che lavorano nel salone. È come guardare il porno soft in televisione.

«Beh, abbiamo tutte le informazioni che ci servono, credo» dice Deborah, interrompendo la loro battaglia non verbale.

Hayden chiede se ho altre domande, poi conclude il colloquio.

«Com'è andata?» chiede Mira quando entro nel suo ufficio qualche minuto dopo.

«Penso che sia andata bene.» Inarco le sopracciglia, con un sorriso enorme sul volto.

«Hai un'espressione tremendamente allegra. È andata così bene?»

Ora che Zach e io siamo ufficialmente insieme da un paio di settimane, e non c'è più tensione o incertezza tra di noi, è facile ridere e trovare cose umoristiche nella vita.

Chiudo silenziosamente la porta e mi siedo davanti a lei. «L'intervista è andata veramente bene, ma... Che cosa sta succedendo tra Hayden e Adam?»

«Oddio, stavano litigando?»

«Qualcosa del genere. Non mi lamento però, perché mi hanno impedito di innervosirmi troppo.»

Mira scuote la testa. «Dovrebbero decisamente fare sesso, ma è tabù perché lei è il suo capo e lui ha una scopa nel culo e la cosa li lascia...» Alza le dita e poi le piega come fossero artigli, facendo un suono ringhiante.

«*Wow.*»

Mira fa spallucce. «Esattamente. Mi stanno uccidendo. Sto cercando di stare fuori dalla linea di tiro.»

Sento bussare leggermente alla porta e un attimo dopo entra Hayden.

«Oh, ciao Nessa. Ero venuta a vedere Mira, ma sono contenta che sia ancora qui. Hai un minuto?»

«Certo.» Mi alzo, chiedendomi se dovrei offrirle la sedia. È l'unica che c'è, oltre a quella di Mira. Decido di restare nervosamente in piedi.

«Bene» dice lei con un sorriso. «Ho parlato con i miei colleghi e... Lo stage è tuo. La decisione è stata unanime. Siamo veramente lieti di averti a bordo. In effetti, Adam e Deborah non vedono l'ora che tu cominci. Abbiamo un arretrato tremendo e le tue capacità potrebbero veramente servire.»

«Oddio, *grazie*. E sì, contate su di me. Posso cominciare quando volete.»

Hayden sorride. «Ti chiamerò in settimana per discutere gli orari. So che stai ancora lavorando al Blue come cameriera. Non dovrebbero esserci problemi con i tuoi turni se pensi di poterti impegnare per tre o quattro ore nel pomeriggio, che ne dici?»

«Sì, nessun problema.»

Adam passa davanti alla porta e giuro che Hayden ha raddrizzato la schiena. Come se lo avesse percepito, volta la testa, poi ci sorride un po' rigida. «Perfetto. Mi metterò io in contatto.» Esce e se ne va nella direzione opposta.

Mira va alla porta e la chiude alle spalle del suo capo. «Oh mio Dio, oh mio Dio!»

«Ti capisco» strillo, con le guance che mi fanno male perché sto sorridendo troppo.

Zach

Non so perché sono nervoso. Non ero io quello che aveva il colloquio di lavoro. Ma è la mia ragazza lì, al Blue, seduta davanti ai pezzi grossi. Non voglio che resti ferita.

Vedete, questo è il motivo per cui non volevo rischiare con Nessa. Voglio proteggerla da tutto. E la amo. Adoro anche averla nel mio letto, perché, maledizione, è da favola. La mia mente va alla scorsa notte e alla posizione che siamo riusciti a prendere nella vasca idromassaggio. Dobbiamo rifarlo e presto. La vasca idromassaggio è diventata il mio posto preferito per stare con Nessa.

Scuoto la testa. Tutto quello che faccio è pensare alla mia ragazza.

La mia ragazza. Mi piace come suona. È mia e io sono suo, ecco tutto. Sorrido mentre preparo il pollo per i tacos di stasera. Vengono tutti per la nostra cena settimanale. Non ci sono più ragazze malate che tengono in casa i ragazzi, nessun impegno di lavoro. So per certo che stasera al Blue non ci sono eventi, quindi Mira non ha scuse per tirarsi indietro. Perfino Tyler ha finito le revisioni del suo libro e ci sarà.

Tutta la gang è di nuovo insieme. Sarà la prima volta in cui ci ritroviamo da quando Nessa e io siamo diventati una coppia.

Alcuni dei ragazzi mi hanno chiesto che cosa sta succedendo. Hanno dei sospetti, specialmente da quando sono andato a prendere Nessa a casa di Mira e Tyler e non l'ho più riportata indietro. Mira mi ha dato il tormento. E mentre non mi importa che sappiano che Nessa e io stiamo insieme, non sento il bisogno di scendere nei particolari su com'è successo. Nessa è la persona più importante per me. È tutto ciò che hanno bisogno di sapere.

La porta scricchiola e mi volto. Nessa appoggia la borsa su una delle poltrone del soggiorno e si avvicina, abbracciandomi stretto. «Mmm, bello» dice.

Sa che muoio dalla voglia di sapere com'è andata. Mi sta tenendo in sospeso, piccola impertinente. Le afferro il sedere. «Allora? Com'è andata?»

Lei allunga il braccio e ruba un pizzico di formaggio grattugiato dal ripiano, ficcandoselo in bocca. La guardo masticare e una lingua bagnata e rosa esce per togliere una briciola dal labbro inferiore pieno.

La tiro più vicina. «Sarà meglio che mi dia la versione breve perché guardarti mangiare mi sta dando delle idee... Abbiamo delle cose da fare prima che arrivino i nostri amici» dico agitando le sopracciglia.

Lei abbassa la mano mettendola sulla mia erezione. «Ce l'ho.»

Ho un vuoto di mente. «Ce l'hai?» La mia erezione. Sì, è vero. Mi chino e le bacio la pelle liscia del collo. «Che cosa, baby? Me? Sì, ma lo sai già.»

Lei comincia a slacciare i bottoni della sua blusa bianca,

infilata in una gonna marrone aderente che sottolinea le sue belle curve. Le estraggo la blusa dalla cintura della gonna e comincio a slacciare i bottoni in basso.

«Lo stage» dice.

Le sfilo la blusa dalle braccia e la getto da parte. «L'hai ottenuto?» Lei sorride e io la stringo in un enorme abbraccio, attento a non stringerla troppo. Il mio tesoro è minuto e non voglio farle male. «Congratulazioni! Non che ne dubitassi. Ovvio che abbia ottenuto il lavoro. Chi non ti vorrebbe?»

Lei sorride e si china verso il mio orecchio. «Ora, a che punto eravamo?» sussurra e la sento che mi solleva la maglia sulla schiena.

La sfilo velocemente dalla testa e mi tolgo i pantaloni. Slaccio quella che sembra una cintura intorno alla vita che probabilmente è al massimo della moda ma che a me sembra una fascia da samurai, le rialzo la gonna e poi la sollevo tra le braccia.

«I nostri amici arriveranno tra mezz'ora, ma ti meriti molto piacere oggi per aver fatto un ottimo lavoro, quindi è meglio se ci sbrighiamo.»

Nessa ridacchia e avvolge le sue gambe sexy intorno alla mia vita mentre corro con lei lungo il corridoio per arrivare in camera. Salto e mi volto a mezz'aria, atterrando sulla schiena sul letto, con Nessa sopra.

«Ahhh»! grida, rimbalzando... Beh, rimbalzano tutte le parti interessanti.

Le tiro giù la testa e la bacio, risalendo con la mano la gamba per arrivare al punto cui ho pensato tutto il pomeriggio. Accidenti, la mia ragazza è sexy.

Nessa si siede e si toglie le mutandine, con la gonna rialzata intorno alla vita. Mi tira giù i boxer. Alzo i fianchi con lei sopra per permetterle di abbassarli a sufficienza. L'aria fresca colpisce la mia erezione, poi lei mi copre con il suo corpo morbido e caldo.

Emetto un gemito. La perfezione del suo corpo contro il mio è una cosa che non mi stancherà mai. Ci completiamo, in ogni modo possibile. Avevo semplicemente troppa paura per provarci.

Mentre rifletto su tutti i modi in cui amo e voglio continuare ad amare Nessa, il mio cuore accelera e la pressione aumenta al mio inguine. Visto come mi eccita, potrei finire in due minuti se non sto attento, okay, uno solo se voglio essere sincero, ma non succederà.

La ribalto e scendo lungo il suo corpo, slacciando il bel reggiseno color lavanda che la ragazzaccia aveva nascosto sotto il top formale. Le bacio un seno, facendo seguire alla bocca il palmo delle mani, le slaccio la gonna, penso se sia il caso di togliergliela, decido che è troppa fatica e che ho dei posti dove arrivare.

Mi attardo ad ammirare le sue belle gambe e la parte che considero il mio paradiso personale. Tenendole il retro delle gambe, gliele spingo in alto e la lecco.

Lei geme e io continuo a rifarlo, apprezzando i piccoli suoni che fa, ma non è abbastanza. Voglio che perda la testa.

Inserisco un dito e trovo il punto che ho scoperto l'altro giorno e che le piace veramente.

Le manca il fiato. «Zach» dice, con la voce sospirosa e sexy da morire.

Non mi fermo. La bocca, le mani sono tutte su di lei, dandole piacere e amandola finché grida con il corpo che si scuote e le mani che stringono un cuscino sulla faccia.

Getta via il cuscino e soffia via una ciocca di capelli che le era finita in bocca. «Ahhh... Non riesco a parlare.»

Le bacio l'interno della gamba e risalgo lungo il corpo. «Non serve. Lascia fare a me tutto il lavoro.»

C'è una scintilla maliziosa nei suoi occhi quando si siede a cavalcioni. Prima di capire che posizione vuole assumere, sono dentro di lei e lei sta ricadendo, con le mie gambe intrappolate sotto di noi. Probabilmente finirò per avere un diavolo di crampo, ma preferirei perdere una gamba pur di non fermarmi.

Le afferro il sedere e bacio il bel seno che sta rimbalzando su e giù davanti alla mia faccia, la visione più sexy che esista. Come previsto, il mio orgasmo arriva in fretta e forte e, se non mi sbaglio, viene anche lei, perché sento i suoi muscoli che si contraggono, spremendomi fino all'ultima goccia. E sapete? Può avere tutto. Voglio darle tutto e anche di più.

Respiriamo affannosamente mentre raddrizzo le gambe sotto di lei con Nessa ancora a cavalcioni e rannicchiata contro di me.

Mi volto sul fianco tirandola con me.

Lei si volta e poi mi appoggio alla sua schiena da dietro. Potrei tranquillamente addormentarmi.

Nessa allunga la mano e mi schiaffeggia il sedere. «Non si dorme. Arriveranno presto.» Scende dal letto e va verso il bagno sculettando.

«Dove stai andando?» gracchio.

«A fare una doccia, Zach. Davvero, non puoi dormire. Sei quello che ci dà da mangiare.»

Vero, nessuno dei miei amici sa cucinare. Devo inventarmi qualcosa per cambiare la situazione visto che limita il tempo con la mia ragazza.

Vorrei dormire, magari non avrei voglia di alzarmi e nutrire i miei amici, ma sapete una cosa? È un bel problema da avere.

Nessa è la mia scia azzurra nel cielo, il lampo che mi ha tolto la terra sotto i piedi quando l'ho vista la prima volta.

Non ho mai pensato di meritarla, ma è così. Ho finalmente afferrato la sua luce brillante e non c'è niente di meglio che condividere la vita con lei. Perché sono l'uomo che si prenderà cura di lei e l'amerà più di quanto un uomo abbia mai amato una donna. Potrò farla arrabbiare ogni tanto, ma non le darò mai ragioni per dubitare della mia devozione.

È sua, assolutamente.

Epilogo

Zach

Mi fermo davanti al piccolo edificio marrone in cattivo stato vicino al vecchio appartamento di Nessa. Ci sono due porte che danno sulla strada e un garage aperto in mezzo alle due unità. «Beh, che cosa ne pensi?»

«È...» Nessa piega la testa di lato, per guardarlo da un'altra angolazione.

«Una schifezza» dico per lei. «Ma lo sistemerò. Non pensi che abbia un potenziale? Con un po' di vernice fresca e una sistemata al giardino.»

Da quando mi ha baciato nella sua stanza d'albergo Alexis non ha cercato di mettersi in contatto con me e non l'ho vista al casinò. Penso che mi stia finalmente prendendo sul serio, grazie al cielo. Non voglio andare alla polizia ma lo farò se tenterà di nuovo. Adesso che ho Nessa, voglio solo continuare a costruire ciò che abbiamo insieme. Non c'è niente che sembri più giusto.

Nessa mi sorride. «Meraviglioso e io ti aiuterò. Sarà il

nostro progetto. In effetti, scommetto che ci aiuterà anche la gang.»

È un'idea. È ora che quegli scrocconi dei miei amici si diano da fare. Usano la mia cucina come se fosse loro da anni. «Li chiamerò nel pomeriggio. Il rogito è tra due settimane e se lo pianifichiamo bene possiamo fare in fretta la ristrutturazione. Prima finiremo prima potrò affittarli.»

Il mio sogno è di possedere qualche duplex e vivere degli affitti. Non è una cosa che succederà tra breve, ma è un inizio. Possedere qualcosa mi dà stabilità ed è una cosa di cui ho bisogno. Lavorare al Blue mentre costruisco il mio impero significa passare più tempo con lei.

Il Blue sta per assumere Nessa come impiegata a tempo pieno nel reparto marketing. È lì solo da pochi mesi, ma sta avendo tanto successo che l'avevano già promossa da stagista a impiegata part-time.

«Lewis ha tutta quella ghiaia in più intorno al suo cortile, adesso che hanno finito di sistemare il giardino» dice Nessa. «Mi chiedo se ce la lascerà usare. Oh mio Dio e potresti chiedere a Jaeger di fare gli scuri di legno con gli intagli a forma di pino. Sarà adorabile. E potremo fare un party per dipingere le pareti.»

L'afferro e la bacio fermamente sulle labbra. «In topless?»

«Con i tuoi amici intorno?»

«No, direi di no. Prima che arrivino gli amici. Come un pre-party per il party... solo tu e io. Esattamente come piace a me.»

Non ho detto niente a Nessa perché non voglio spaventarla e farla scappare, ma la fretta che ho di possedere altre proprietà è perché voglio poter provvedere a lei. Se Nessa vorrà lavorare la sosterrò in pieno, ma voglio essere in grado di occuparmi di lei in qualunque caso. È importante per me.

Nessa scuote la testa, esasperata, ma ha un sorriso malizioso sul volto. «Vasca idromassaggio in topless dopo il party per dipingere?»

«Ci sto.»

* * *

Cari lettori,

Spero che vi sia piaciuta la storia di Nessa e Zach in *Mai con il tuo migliore amico*.

Siete pronti a scoprire come farà Hayden a mettere in riga il cattivo ragazzo al Blue Casinò nell'ultimo volume della serie? O forse siete solo curiosi riguardo a Adam, il nuovo collega sexy di Hayden, e il suo ruolo nel Club dei Maschi al Blue?

Procuratevi la vostra copia di **Mai con il tuo nemico**, l'ultimo volume della serie Never Date.

Xoxo,
Jules

Anteprima: Mai con il tuo nemico

Hayden

Quello stronzo è stato promosso?

Rileggo la mail avvicinando la faccia allo schermo. Adam Cade è al Blue Casinò da soli nove mesi, assunto come assistente alla direttrice dell'ospitalità e adesso la sta sostituendo?

Faccio qualche respiro profondo con il volto che si scalda fino quasi a esplodere. Promuovere Adam a direttore dell'ospitalità gonfierà l'ego già gigantesco di quel belloccio fino a proporzioni planetarie. Era troppo qualificato quando è stato assunto come assistente, ma insomma... Appoggio la fronte sulla scrivania e la sbatto un paio di volte, col fiato che appanna la superficie liscia. Significa che Adam e io siamo allo stesso livello. *Che si aspettano che lavoriamo insieme.*

Sento bussare e alzo in fretta la testa. Che probabilità ci sono che sia Adam? Con la sua propensione a farmi infuriare? Parecchie.

Spingo via la tastiera e mi alzo, andando a guardare il

panorama lontano fuori dalla mia finestra. Le montagne di Lake Tahoe, le acque blu, sono le cose a cui ricorro quando le cose vanno a catafascio. E, fino a poco tempo fa, mi ero lasciata tutto alle spalle.

La promozione di Adam è solo un piccolo fastidio in cima a tutta la merda che ho incontrato dopo essere tornata a Lake Tahoe per lavorare al Blue Casinò. Quello in cui mi sono imbattuta di recente è peggiore di quello che mi aveva fatto scappare undici anni fa, nel mezzo della notte insieme alla mia famiglia, perché non coinvolge solo poche persone.

Raddrizzo le spalle e faccio un respiro profondo. «Avanti» dico e guardo verso la porta.

Sono una professionista, posso farcela.

Risuona il clic della maniglia seguito dal frusciare del legno sopra la folta moquette. Sulla porta c'è un uomo favoloso, con un vestito di Armani. Il mio respiro diventa superficiale e le farfalle nello stomaco prendono il volo, come fanno sempre quando entra in una stanza, maledizione.

Adam contrae le labbra, i suoi intelligenti occhi azzurri mi studiano il volto e la postura delle spalle. Sono quasi certa che si renda conto dell'effetto fisico che ha su di me, ma non lo ammetterò mai.

Un altro impiegato passa oltre la mia porta, si ferma e stringe la mano a Adam. «Congratulazioni, amico. Era quasi ora. Adesso sei *dentro*.»

Al Blue Casinò, essere *dentro* significa conoscere e avere accesso alle attività illegali del casinò e c'è una forte possibilità che Adam adesso ne faccia parte. Anche con le sue qualifiche, nessuno fa carriera così in fretta, a meno che abbia un contatto all'interno.

Adam fa un cenno amichevole con la testa. «Grazie» dice e l'uomo continua per la sua strada. Adam chiude la porta, sigillandoci all'interno. Il suo sguardo torna su di me.

Adam Cade è esattamente il tipo di uomo ricco e snob che disprezzo. Nella sua vita ha avuto tutti i lussi: ricchezza e i contatti giusti, mentre io ho dovuto farmi il culo accademicamente e professionalmente e ho dovuto guadagnarmi ogni briciola. «Non è necessario che ti vanti.» Mi volto di nuovo verso la finestra, sperando che la vista renda meno penoso questo incontro. «Ho letto l'email.»

Avrei dovuto essere informata della promozione di Adam *prima* che fosse annunciata; dopotutto dirigo il reparto delle risorse umane. Adam era nel mio elenco, ma mi ero data da fare giorno e notte per assumere qualcun altro, certa che avrei potuto trovare una persona più qualificata. Il fatto che l'AD abbia assunto Adam a mia insaputa significa rimettermi nuovamente al mio posto e tenermi fuori dal giro.

Volto la testa quando non commenta subito.

La sua bocca sexy è atteggiata a un finto broncio. «Niente congratulazioni, Hayden?» La mano forte e mascolina, più ruvida di quanto dovrebbe visto com'è cresciuto, da ragazzo ricco, preme nello spazio sopra il cuore. «Mi ferisci, davvero.»

Sbuffo e continuo a fissare il lago. Non mi sorprende che Adam abbia un legame con l'AD. Joseph Blackwell, capo del casinò, non *voleva* assumere me, ma aveva avuto le mani legate quando un membro della sua squadra era stato colto mentre cercava di stuprare una dipendente. Blackwell mi aveva scelto nel mucchio di candidati per sostituire il direttore delle risorse umane appena licenziato e mantenere le apparenze. Alla luce dello scandalo, assumere un'altra donna alla direzione era stato un bel colpo per le pubbliche relazioni.

Ansiosa di arrivare in cima e dimostrare il mio valore,

mi ero resa conto del motivo per cui mi avevano assunto solo *dopo* aver accettato.

Ero tornata a Lake Tahoe per dimostrare a me stessa che non sono debole. Non ho nessuna intenzione di scappare dal Blue Casinò e dal modo subdolo dell'AD di gestire il casinò. Quelli al potere al Blue hanno danneggiato dei dipendenti in passato e credo fortemente che lo stiano facendo ancora, anche se non ho prove concrete.

Sento che Adam si sta avvicinando e la pelle si scalda sotto la camicetta aderente che indosso.

«Come festeggiamo?» La sua voce profonda è accanto al mio orecchio e mi obbliga a spostarmi di lato. Detesto essere fisicamente attratta da un simile stronzo. «Ti permetterò perfino di offrimi da bere e un po' di alette piccanti.»

Scuoto la testa e fisso il lato del suo profilo cesellato da scuola privata. Ci sono talmente tante cose sbagliate in quella dichiarazione che non so da dove cominciare. Comincio dalla più ovvia: «Alette piccanti?».

Il suo sguardo azzurro cattura il mio e stringo le labbra, di pari passo allo stringersi del mio stomaco. Quando mi guarda, *veramente*, dimentico chi sono. «Sono le mie preferite» dice innocentemente.

Adam non è il tipo di uomo che puoi fissare a lungo senza ovulare, ma l'umorismo dietro i suoi occhi annulla la mia nebbia ormonale. Quando scherza o usa il sarcasmo per controllare una conversazione, mi ricordo dell'uomo che è veramente. È il tipo di stronzo privilegiato che non ci penserebbe due volte a distruggere una persona. E lo so bene.

«Non ti avevo preso per un tipo da alette piccanti» gli dico.

I tipi da alette piccanti sono quelli a cui piacciono il football la domenica e le ragazze in bikini, non quelli in carriera con i vestiti di Armani e legami con le persone più ricche in città.

Lo guardo di sottecchi. Il suo ghigno perenne è sparito, l'espressione che l'ha sostituito è indifesa, una cosa che non gli ho mai visto prima. Per un momento penso furiosamente. Ho ferito i suoi sentimenti?

E perché dovrei preoccuparmene? Non gli devo niente.

Lui mi guarda in modo seducente e vorrei prendermi a sberle per essermi chiesta se avevo toccato un nervo scoperto. «Non giudicare il libro dalla copertina, Hayden.»

Procuratevi adesso la vostra copia di **Mai con il tuo nemico!**

Libri di Jules Barnard

I fratelli Cade

La tentazione di Levi

La sfida di Wes

La seduzione di Bran

La riforma di Hunt

Serie: Never Date

Mai con un amico di tuo fratello

Mai con un donnaiolo

Mai con la tua ex

Mai con il tuo miglior amico

Mai con il tuo nemico

Potete trovare la bibliografia completa di Jules Barnard sul sito: julesbarnard.com/i-libri-di-jules

L'Autrice

Jules Barnard è un'autrice bestseller di USA Today di romance contemporanei e fantasy romantico. Le sue serie contemporanee includono Mai frequentare e I fratelli Cade. Scrive Fantasy romantico sotto lo stesso pseudonimo con la serie Halven Rising che il Library Journal definisce "... un'eccitante nuova avventura fantasy." Che stia scrivendo di uomini sexy intorno al Lago Tahoe o di un mondo di fate inserito nel campus di un college, Jules racconta storie coinvolgenti, piene di cuore e umorismo.

Quando non è in tuta da ginnastica a scrivere, premiandosi con il cioccolato, passa il tempo con suo marito e i due figli in una cittadina sulla costa nordoccidentale del Pacifico. Dice di avere la capacità di leggere mentre corre sul tapis roulant o brucia la cena.

Per conoscerla meglio visitate il suo sito web:
julesbarnard.com/i-libri-di-jules